最後的女王

巴代　著

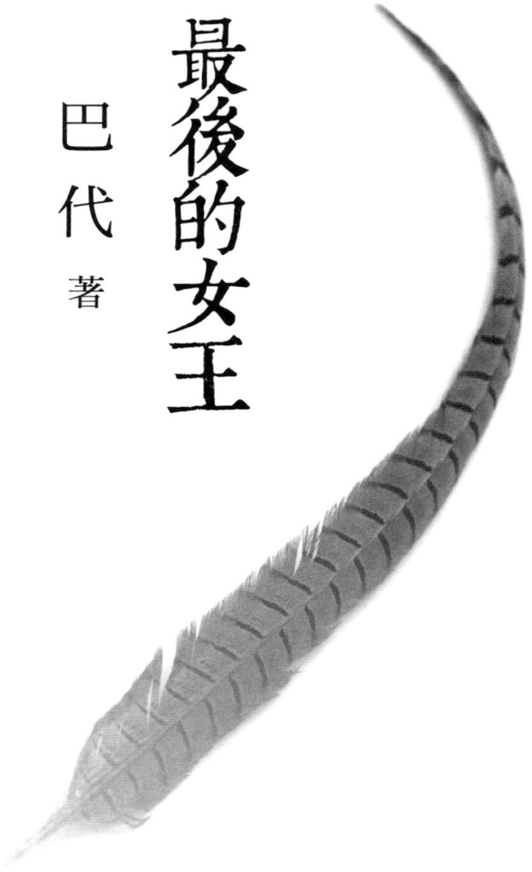

目錄

楔子

十九世紀下半葉，東台灣傳統的區域霸權「八社番」[1]的「彪馬社」，相隔十年發生兩次天花瘟疫肆虐，使得力量由鼎盛榮耀而後極速衰敗；另一個同是「八社番」成員的「呂家望」社，卻掌握機運極速與悄悄的趁勢崛起，與平原北方的花東縱谷內，十數個由西部「西拉雅」、「馬卡道」等平埔族移民的聚落，建立了相當的同盟情誼，勢力早已凌駕於彪馬社之上；而聚集在「寶桑庄」[2]的漢人移民，在彪馬社爲了農業發展，而由西部引進當時的「番產」交易商鄭尚之後，日漸成形爲一個近百户的農、商聚落。憑藉著漢民族優異的農業與經貿能力，從各方面滲透到彪馬社的內部掌控機制，加上清代官府逐漸重視台灣東部的經略，影響力日益增強。

這個情形令彪馬社幾個氏族憂心，部落北半邊的領導家系的「巴沙拉特」與南半邊領導家系的「拉赫拉」兩個氏族，雖不完全感到悲觀，但也不得不承認現在所面臨的艱困，是極險峻與嚴苛的。

是這樣的！的確是這樣的！

一個婦人吸吐著長柄菸斗，坐在由八名漢子扛起的轎子，穿著鑲縫上金色線條與福壽圖紋的黑色漢滿融合式袍褂，頸上幾個銀質項圈攤垂在前襟，黑絨中沉浮著幾分銀亮。她吸了口菸，堅定的這麼想著。

還是得想辦法讓彪馬社重新站立起來。那婦人呼了口煙心裡又說。

她不斷回想起擔任彪馬社領袖的父親生前以及幾個長者的耳提面命：世局永遠是處於變動的狀態，只有審時度勢，採取相對應的變動；但，再怎麼樣，唯一不能變動的核心價值，便是族群的利益得經常處於正向的狀態。她因而皺眉輕嘆，時而重重吸菸吐煙，緊抿雙唇。

總結彪馬社過去的歷史發展經驗看來，不論口傳時期以至於文字記載開始，看似自外於中國歷史，也擦邊於西洋紀年，卻往往在歷史的關鍵時刻，憑藉著特有的柔軟韌性，掌握了來自明清對領土的概念與西洋、東洋積極參與遠東事務的契機，取得了適合族群生存的槓桿支點趁勢崛起，重新站立引領風騷，牢牢掌握台東平原。

一六三八年（明崇禎十一年）一月二十五日，荷蘭人東印度公司的傭軍上尉凡林加（Johan Van Linga）率領三艘船隊，士兵一百二十人，連同中尉猶利安森

1 今日的卑南族。

2 今卑南溪出海口南岸的台東市寶桑里北側。

（Jan Juriaensen）抵達了台東海岸，開啓了彪馬社接觸西洋人的歷史。但這一段後來記錄在荷蘭人「東印度公司事務報告」的詳細內容，轎子上的婦人並不完全知道其中的細節，但她清楚地記憶著，她的氏族「拉赫拉」內部所傳頌（傳誦與歌頌）的相關故事，也了解正是因爲與這些荷蘭人的接觸與合作，她的氏族有機會取得「彪馬社」的主導權，隨後動員部落六百名戰士，先後幾次同荷蘭軍沿花東縱谷找尋黃金；又參與了一六四二年（明崇禎十五年）一月二十四日荷蘭東印度公司在台軍隊，攻擊位在平原西緣「大巴六九」部落的戰事，親眼目睹現代兵器與戰術在卑南平原的展演，奠定日後彪馬社排列兵陣的基本概念；更藉著荷蘭人於一六五二至五六年（清順治九至十三年）之間，在卑南平原舉行的「地方會議」，而牢牢掌握平原大部分的部落，正式取代另一個東部大部落「卡日卡蘭社」[3]在整個平原的霸主地位。

這是第十代彪馬社阿雅萬[4]卡比達彥所成就的事啊！那轎上的婦人在長長的吐了一口煙之後，心裡又咕噥著。前襟描繡的金色線條，隨著吐煙吸氣的起伏擺動，像隻金蛇昂揚吐信，倒有幾分生氣蓬勃與驕傲。

那煙雲隨著轎子輕微的搖擺，而呈現出了鋸齒狀，向上揚升變淡，而後消逝。她吸了吸滑出鼻孔的一點鼻液，又不自主的搔了搔纏髮黑巾邊緣的銀質髮箍。舉手間，緞面黑色布料裁剪的寬大衣袖，搔拂著右臉頰，她忽然沒來由的傷感了起來。

這黑色袍褂，是仿照她曾祖母所珍藏的清朝王妃服飾所裁製而來的！她嫁作人婦之後，十幾年來，她一直是以這樣的穿著爲底，視居家或出巡的狀況增減裝飾，但曾祖母那個年代早已經離去久遠。

「大清國的紫禁城究竟是個什麼模樣啊？」她吸了口菸後低聲呢喃，煙霧碎屑屑地，自嘴角溢出，成碎塊，成絲狀，急噴又緩逸。思緒飄得老遠，直到她曾祖父、曾曾祖父那個年代。

那是在一七二一年（康熙六十年）發生的事，藍鼎元在一七二三年的《平台紀略》、連橫在一九一八年的《台灣通史》分別註記了：朱一貴在台灣南部「岡山」[5]起義，建元「永和」自號「中興王」；台灣府總兵歐陽凱、副將許雲皆死。閩浙總督覺羅滿保聞報馳赴廈門，傳檄南澳鎮總兵藍廷珍出兵，會水師提督施世驃伐台，擒朱一貴。次年，朱一貴餘黨王忠入卑南覓[6]，藍廷珍令鄭國佐經壟嶠[7]繞後山至卑南覓，傳檄卑南覓大土官[8]。以官帶補服賞勞之，另崇爻[9]七十餘社壯番，從山後大加搜捕，將所有漢人逸賊盡縛以來，於是王忠等不敢復入番界，

3 知本社在十七世紀中葉以前的名稱。
4 卑南語部落領導人稱謂。
5 今高雄市旗山區內門里。
6 荷、清時期，稱台東平原為卑南覓。
7 今屏東縣恆春。
8 清末以土官、土目、頭目稱呼部落領導人，屬於職稱，與各族群之傳統稱謂有異。
9 清代以來有時亦以崇爻稱台灣東部。

雋身竄伏束手待斃。一七二五年（雍正三年）台鎮林亮、知縣楊毓健隨後招撫卑南覓。

另外，一七八六年（乾隆五十一年）十一月，台灣林爽文事件，烽火蔓延全島數個月。事平後，於一七八八年（乾隆五十三年）十二月二十六日，三十餘台灣的「生番」、「熟番」領導人奉旨晉見乾隆皇帝。除賞賜衣物，筵宴共計在西廠小金殿兩次、重華宮兩次、紫光閣兩次。

當然，這個轎上婦人並不知道大清國文人，是如何記述當時事件發生的整個全貌，但是她熟悉彪馬社「拉赫拉」氏族流傳的家族史中，關於她的曾祖父，第十八代部落領導人卑拿來在那一年的事件後，代表年邁的第十七代領導人，率領七個族裡的長老們進京受賞賜「六品頂戴」，從此，以「拉赫拉」為領導核心的彪馬社，更加堅定的宣稱掌有台東平原與向北花東縱谷、花東海岸七十餘個部落的管轄仲裁權。

八人抬大轎上的黑袍婦人直了直身子，心情愈加落寞哀傷，空著的右手抖了抖袍褂下襬，稍稍抬起眼皮，眼眶出現了一些水氣，由濡濕眼眸所看出去的視野，隱約呈現出一片莊稼田疇，而稍遠處一整列朝天的刺竹林，綠色崖壁般的遮去東面景色的一大半，她心頭一震，忽然大喝一聲：

「給我停下來！」

第一章

八抬大轎上的女王

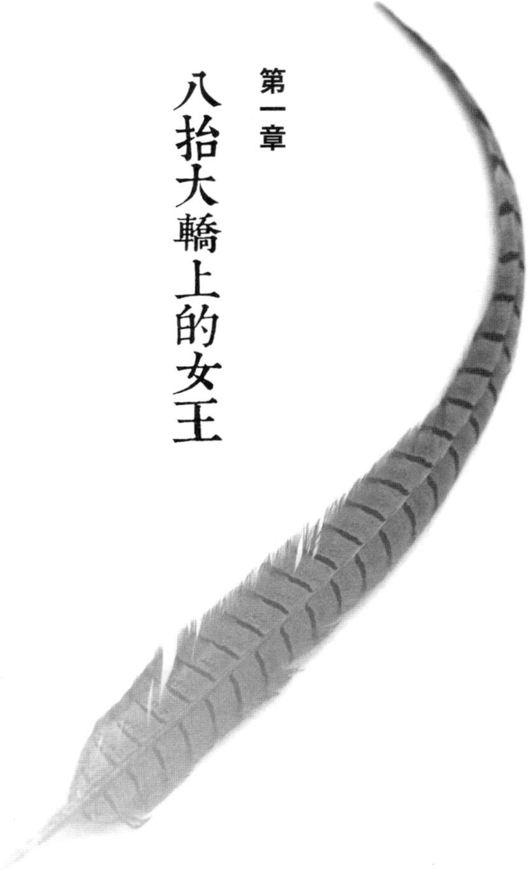

這是一條寬約四米，東西向的砂礫牛車道路，路邊新長的芒草正從燒枯了的茅草莖稈叢中，奮力抽芽生長，部分已經深綠的細長葉片掩覆向道路。路面除了牛車輪軌的痕跡，中央也茂盛地長出了雜草；兩側處處可見燒成黑炭的枯木樹幹，綠藤蔓生猛地競長攀附而上。高低粗細不一的枯樹之間，茅草、羅膚鹽木、構樹形成較高的綠色視覺線，而路邊一棵燒枯了一半枝幹的苦苓樹，正奮力地肢展另一半枝幹的生機，三月的季節裡錦簇繁盛的紫色花蕾，承受不住烏鴉飛起又盤旋落腳枝幹所引起的抖動，飄散而落。

樹下，一頂八人抬的無頂大轎，因轎上的黑裳婦人大喝一聲而倏地停止前進，轎身占滿路面。兩名在轎子後方跟隨的佩刀女子，聽到轎上婦人大喝聲，立刻站上前來注視著那婦人等候差遣，而抬轎的八名壯漢面露懼色，除了眼神嘗試性的左右移動詢問其他人，連大氣也沒人敢喘上一聲。

飄落的苦苓紫花，紛飛灑上樹下眾人身上、地上路面，引起轎上婦人的厭惡，伸出菸斗撢了撢落在裙襬的碎紫細花，又打了個呵欠，才伸直的身子已經又斜躺進轎椅上。她隨手遞出菸斗，由一個佩刀女侍接過，塡了菸絲、點上火，呈了上來。

這婦人不是別人，正是十九世紀末台東平原最具威權與影響力的女子；她是過世的彪馬社第二十任領導人的獨生女，她母親沿用了擔任第十九任彪馬社女領導人的名字，爲她取名叫西露姑。

「怎麼了?主子!」一名也配了刀，左臉頰一道約食指粗的長疤痕，約莫三、四十歲的婦女也站上前來問道。

「撒米央啊！我們停下來走一走吧！」西露姑擤了鼻涕說。

「可是，我們出門有一段時間了，您還行嗎？」

「除了噁心、想睡，其他還好吧？我也不是十分有把握！我想下來看看這個地方啊！」

「是！」被稱作撒米央的中年婦女應了話，頷首，習慣性按了按佩刀，立刻吩咐抬轎人。

西露姑下了轎，也不過是向前走了幾步，便停下來喘了口氣。

眼前，除了道路兩側的雜樹林，轎子前五米外，向前延伸約兩百米到刺竹林牆的一整片田疇，雜草已經長高成半個人高。這是彪馬社的西邊農作地，厚實的刺竹林圍牆內圈圍著的，是地名被稱爲「邦蘭—普悠馬」的彪馬社。一六三八年荷蘭人開始接觸時，還只是個剛形成的近千人的大部落，清領時期進京接受犒賞後，十八代領導人卑拿來從枋寮帶來漢人的農耕技術，因此農業興盛，人口大增，除了極少數較深山的部落外，整個台東平原、花東縱谷南段、花東海岸線南半一直到台灣島南端的巴塱衛[1]，都要歸順繳稅，那是彪馬社的全盛時期。十二年前（一八七四年）天花肆虐台東平原，死了近千

1 今之大武。

人，族人驚慌四散，第二年，才陸續回到部落東、南方分散成三個區塊重新建村。西露姑擔任部落第二十任領導人的雙親過世後，氏族旁系的子弟林貴，接任第二十一任彪馬社領導人，他是婚入氏族的一名從事番產交易的漢族商人鄭尙之子，而後藉著鄭尙所打下的經濟實力，取得部落其他氏族領導人的支持。自此拉赫拉氏族元氣大傷，連帶影響彪馬社失去了對其他遠距部落的絕對優勢，去年（一八八五）又一次的天花肆虐重擊彪馬社，令西露姑感慨。

「唉，才十年，兩回的天花瘟疫，簡直要消滅我們拉赫拉氏族！」西露姑語氣上多少有些不甘心。

這幾年拉赫拉氏族內部常有些言語，認爲十九代領導人是女王希洛谷接任，當時進出台東平原貿易的漢人也都以「卑南女王」來敬稱，沒有理由到了這個年代作改變，任由部落幾個氏族族長以男人較適合統領「巴拉冠」[2]的理由，選出拉赫拉氏以外的林貴擔任領導人。漢商鄭尙之子林貴，雖然血統上一半是漢人一半是部落人，婚入拉赫拉氏族的支系，算一算也算是拉赫拉氏族的一分子，但畢竟不如西露姑嫡系來得純正，由他接任名義上的領導人，多少令人有「領導權旁落」的味道。西露姑的感慨，除了天花病毒重創彪馬社，骨子裡多少還是因爲領導權旁落的失落感與不甘。

「主子，身體要緊，就別再想那些事了，眼前，明著就算不是您當名義上領導人，實際的影響力也還在您手上，林貴凡事都要請示，您可是不折不扣的卑南覓女王啊！」

撒米央說。

「唉，正是因爲這樣，我才憂心忡忡，拉赫拉氏族的榮光不能斷在我的手裡啊。」

西露姑呼出了長長一口煙後，望著遠處竹林說。

「可，偏偏……」西露姑欲言又止。

「偏偏……」西露姑收回眼神，咕噥而後不語。

「主子，當女人也不是罪過啊，從祖奶奶希洛谷到您這一代，連三代都是女人當家，再一代又如何？況且小姐達達聰穎過人性格剛烈，一點也不輸番社的萬沙浪[3]，祖宗的意思，必然有祂的道理，未來，拉赫拉氏族一定會因爲她而再興盛的。」

撒米央自然知道西露姑心裡犯嘀咕，是因爲她與原任的布農族丈夫安賽只生了兩個女兒，後來爲了鞏固拉赫拉氏族的影響力，而招贅在卑南街經商的陳安生，以作爲制衡另一個漢商鄭尚的一步棋子，沒想到年近四十歲的她與陳安生遲遲無法生育，去年鬧天花期間才生了一個女兒。雖然鄭尚經貿的影響力，在刻意培養其子林貴成爲領導接班人之後已漸漸衰落，但林貴接任領導人已成定局，在他之後誰來接任？會不會又是旁系？西露姑起初不以爲意，但陳安生根深柢固的漢人「男子爲嗣」觀念，日常言語中使得西露姑也變得焦慮了。

---

2 男子會所，每個氏族一座，軍事、行政的中心。

3 成年男子、戰士。

「唉，日後的事，誰拿得準，達達再怎麼豪氣剛烈，畢竟還是個女人，巴拉冠不准女人進入的祖訓也不可能跨越。更何況，時局不同了，鄰近幾個番社蠢蠢欲動，寶桑那一帶的漢人也越來越多，要一個女人當家多有不便，若身邊沒有一些有用的男人協助，那必然是更要辛苦的。」西露姑身體右後側忽然抽搐，右手臂不自主的揮了起來，說話明顯的氣虛，且越來越弱。

「時局不同了！」西露姑深吸了口菸又說。

「主子，別擔心了，我會讓我家丫頭沙卡普好好陪她，我們這些老女人也會好好輔助她，就像輔助您一樣，誰要敢打她歪主意，要他先問問我腰上的這把長刀。」

「呵呵……謝謝妳呀撒米央。唉，妳這麼一說，我倒懷念起以前可以拉弓射箭，一起砍柴一起追山羌的日子。」

「主子，您要願意，明天，我們一起狩獵去。」

「狩獵？呵呵……撒米央，妳真愛開玩笑，我不是妳銅筋鐵骨的，我這把身體還有那個力氣，讓我從家裡走到番社入口呀？這真要出門打獵的，我看，妳直接把我埋在那裡好了！」西露姑長短氣不規則的吐了煙，又從袖子取出一塊布擤鼻涕。

「哎呀，主子，怎麼說這話呢！哎呀，不吉利！不吉利！」

「不說了，撒米央，妳看，這一片田，到現在還荒廢著，不知道什麼時候可以再重新播種。雖然其他地方開闢了新田地，還不知道今年六月能不能有好收成啊！」

「天花瘟疫才剛平息，短時間內人心惶惶的，族人也不可能就立刻回到這裡耕種，還好逃散的各氏族又陸續回到番社周邊建屋闢田，大家還勉強算是凝聚在一起。這些事，我看您別太擔心，眼前就由林貴這個部落領導人傷腦筋吧，部落一定可以重新再興盛起來的！」

西露姑垂下了持菸斗的右臂，背向著即將埋入西邊山稜線的日頭，瘦削的身軀輕駝著背，半側著頭，與圓臉厚胸的撒米央站在一起。日落前的一個小時，幾道陽光勉強穿過西邊的中央山脈山頂雲霧，斜照而來，將西露姑與撒米央的影子拉得老長，剪影似的鋪上廢棄農作田的長草上。遠處刺竹林梢掛著一嵐帶的溫弱光影，幾隻築巢在上的冠鷲，離巢或歸巢，三兩聲鷹嘯；轎旁苦苓樹上烏鴉，忙不迭地嘎嘎回應，幾片落羽，幾滴排遺。

「我們回去了吧！我開始燥熱、噁心！我需要吸一管大煙。」西露姑深吸一口氣說，身體還控制不住地顫抖抽搐。

「是！我們現在就回去！」撒米央隨即應話。

抬轎的漢子，始終停留在位置上不敢移動，聽到撒米央召喚，都蹲了下來，準備等候起轎，而左前方一個面目清秀的漢子，顯露緊張踟躕不安，一瞬也不瞬的望著西露姑。只見西露姑乾瘦的體型，著長褲罩在黑色褂袍裡，回身朝向轎子緩慢走去，危顫顫又幾分蹣跚。就在西露姑走過身旁，那清秀漢子忍不住想伸手扶一把，西露姑一支菸斗忽然伸出點著了他的手臂。這些全落在撒米央眼裡，她暴喝了一聲：

「你幹什麼？」

兩個年輕女侍已經拔刀欺近指著那漢子，其餘抬轎漢子嚇得轉過身，背著這個方向不敢將視線停留在這一幕。

「你站起來！」西露姑緩聲的說。

待那漢子站了起來，西露姑慢慢舉起右臂，又突然加速重重摑那漢子。那漢子不敢閃避只發出「嗚」的悶聲，左臉頰結結實實地挨了一掌。

「你這個沒有巴拉冠教育的男人，你竟敢直勾勾的看著我，誰讓你這麼放肆啊，啊？」西露姑邊說邊舉起手臂，反方向又是一掌摑在那漢子右臉頰。

「呸！」

西露姑沒多看一眼那漢子，啐了口痰坐上轎，兩個女侍立刻收了刀，站在轎旁。

「你好大的膽子！」撒米央瞪著那漢子，咬著牙惡狠狠的說，隨即又轉向其他抬轎漢子吼道：「我不知道你們的番社是怎麼教出你們這些沒教養的男人？在這裡，你們誰敢妄想碰觸女王，小心我一刀砍了你！起轎！」

那挨掌的漢子，左右臉頰紅了幾道痕，噙著淚慌張的蹲到位置上，其他人也不敢怠慢，迅速就位，「后」的一聲令，整齊地同時抬起轎，無聲前行。

這抬轎的八人，並不是彪馬社的漢子，而是與彪馬社結盟的所謂「彪馬八社聯盟組織」所派出，供彪馬社領導人，出巡時抬轎或一般差遣勞役。所謂的八社聯盟，並不同於有相同文化特質的「八社番」。「彪馬八社聯盟」組織除了彪馬社，原先其他七社分別是：卡地步[4]、呂家望[5]、馬蘭坳[6]、利吉利吉[7]、猴子山[8]、檳榔樹格[9]、北絲鬮[10]等部落。去年天花肆虐時，卡地步與呂家望已經招回服役勞勤人員，拒絕再派遣，其他部落也告知將於這一季小米收割完後，將招回勤務勞役漢子。這件事令領導人林貴與西露姑憤恨在心，礙於瘟疫肆虐無暇他顧，那兩個部落實力又已經凌駕彪馬社，所以只得隱忍不發。剛剛西露姑掌摑抬轎漢子，除了是她多年的習慣，多少也有找人消一消忽然冒出的火氣的意思。

唉！轎上的西露姑，暗自嘆了口氣，閉起眼睛，將身子縮在轎子內，身子不自覺抽搐，一陣噁心不斷襲來。陽光自轎後投射而來，灑在她髮上，清楚呈現出髮質的斑白乾澀與毛躁，她瘦削的臉頰，橫流幾道皺紋。近四十歲的西露姑，一個承襲家族領導地位的卑南女王，幾年來正飽受著鴉片煙毒侵蝕，她清楚這狀況，而現在正在忍受著流鼻

4 今之知本，卑南族。
5 今之利家，卑南族。
6 今之馬蘭，阿美族。
7 今之利吉，阿美族。
8 今之富山，阿美族。
9 今之下賓朗，卑南族。
10 今之初鹿，卑南族。

涕、抽搐、燥熱與隨時遠颺縹緲的意識。

「主子，菸斗要不要再填上？」撒米央注意到西露姑的反應。

「這菸絲再多，哪抵擋得住啊？不過……唉……填一鍋菸湊合吧！快點！」

西露姑幾乎是三兩口便把一鍋菸燃燒吸光，噴出了一團又一團煙霧。

「你們加快腳步！」撒米央斥喝著抬轎人，同時又呈上一菸斗的菸。

只見，煙雲成團地胡亂冒出，西露姑忽然朝空伸出沒持菸斗的左臂揮抓。

「荒謬啊！」西露姑在一陣喃喃沉吟聲中忽然迸出一句清晰的字詞。

轎子的移動速度明顯變快了，輕微又規律柔順的上下左右波動。在三月荒郊的向晚時分，一些涼風鑽行在髮梢、耳鬢、頸背間，令西露姑稍稍感到舒適，減緩了一些噁心作嘔的衝擊。

女人當家又如何？規矩都要跟著這些「百朗」[11]了嗎？西露姑閉著眼心裡咕噥著，收起手臂吸了口菸斗鍋裡最後一絲菸。

她擤了擤鼻涕，倏地想起童年時，坐在奶奶的轎上跟著出門的情景，她笑了，幾條已甚爲明顯的皺紋，被風吹過似的沿嘴角輕微上揚。

那是彪馬社第十九代領導人希洛谷晚年的時代。年幼的西露姑最愛在希洛谷坐上轎以前攀上，等候一起出巡；最愛看配著刀的女侍，前前後後並列著走路；最愛在轎行走時那上上下下的波動中，和著迎面來的微風，不自主的「吼吼吼」的叫喊著；但也最害怕看到奶奶希洛谷生氣起來掌摑那些抬轎的壯漢。

不同了，時局不同了。西露姑心裡說著，想到彪馬社的衰落與自己居然也動不動就掌摑那些漢子，不禁感傷又苦笑著。

彪馬社的確大不同了，歷經兩次天花，一半的居民都逐漸住到部落外圍的南方與東南方建立新的聚落。原先在刺竹林的部落一大半，變成沒人居住的半廢墟狀態，雖然有幾個氏族底下的家族，又遷回居住，但分散的聚落，在各氏族的各自盤算下，凝聚力已大不如前。加上漢人帶來的經濟型態與觀念，認爲誰掌握經濟脈絡誰就掌握主要的發言權。致使鄭尚與林貴的掌權如此的順理成章，而西露姑招贅陳安生，想藉陳安生的經商實力以便掌握部落的實權，也是這樣的打算。如今部落內部權力分配大致底定，接下來的問題，便是誰來接下一任的部落領導人？西露姑剛剛生下的小女兒才一歲，估計自己無法再生育，與前夫所生的小女兒蘇姑里性格溫和，嫁了部落的漢子，只想當個一般主婦，能寄望的也只有性格活躍剛烈的大女兒達達。

懷念啊！西露姑想開口說出來，但意識已經模糊，只在腦海快速浮起又消逝。她身體抽搐痙攣，不自主又伸出手朝空中揮抓。

西露姑劇烈的揮臂，甚至握著菸斗的右臂也奮力的擊出，幻影逐漸清晰盤據她的意

11 卑南語稱漢族移民。

識。她看見天際出現兩隻異常巨大的熊鷹，在空中短暫的交纏，又忽然分飛東西向，一隻抵平原東面的海邊，一隻飛抵西邊山頂的雲霧之中。西露姑才開口，還來不及驚呼一聲，兩隻鷹不約而同向著轎子所在的位置急飛而來，瞬間，兩隻熊鷹已經橫跨過平原上空飛抵轎頂，巨大的翼展遮蔽了西露姑，天色立刻晦暗了起來。

可惡！西露姑心裡輕咒了一聲。還猶豫著該縮伏在轎椅上，或者停轎觀察，就已經清楚的「看見」那兩隻熊鷹背上騎坐了兩個人，她愣住了！

熊鷹背上，一個是彪馬社領導人林貴，一個是穿著清朝官服的肥墩男子，兩人怔怔看著她，沒有表情沒有情緒沒有言語。才定神，盤旋頭頂的兩隻巨大熊鷹忽然淩空拔起，朝蒼穹廬頂直上飛，瞬間成兩個小黑點，天光霎時大亮而那龐大的翼翅所搧起風暴「轟轟」的排山撲來，令西露姑覺得耳膜疼痛，整個頭顱也跟著「嗡嗡」共鳴，屈肘抱著頭，望向四周。

「呸啦！」她咒罵了一聲。

遠處，荒野的南邊極遠處，只見呂家望與卡地步兩個部落領導人，左右各持著一支長木杖與竹竿，看似拔河又像是相互推擠，想把對方扳倒，完全沒理會西露姑這裡的情形。稍近一些，其他那些原屬於聯盟的部落首領與彪馬社其他氏族族長，有的注視著西露姑，表情嚴肅專注，有得哈哈大笑鼓掌討論。

可惡！等這一季小米收成，我將集合拉赫拉氏族巴拉冠的戰士，剷平你們這些不懂規矩的番社！呸！西露姑心裡狂吼著，身體不自主的伸腿踢了踢。

「可惡！」西露姑又忽然大喝一聲，嚇著了幾個抬轎人，轎身晃了一下。

「主子！主子！」撒米央望著轎上縮著身、緊閉雙眼、朝空中揮抓的西露姑，擔心地喊著。

「快點，你們動作快點！」撒米央催促著抬轎人加快行走的速度。

「怎麼會搞到這個樣子呢？」奔行中，撒米央輕皺著眉看著西露姑，不自主又嘆了一口氣。

撒米央與西露姑是童年一起長大的姊妹淘，擔任她的女侍已經超過二十年。雖然說彪馬社設立女侍的用意，主要工作是陪「女王」出門時的貼身侍衛與差勤，當「女王」回抵家門下轎，女侍將「女王」隨身帶出門的用品放在院子口，一趟的任務便結束。除了留下執勤的女侍，其餘的女侍都回到自己的家。因爲多年隨侍在旁，加上姊妹淘之間的體己私密，撒米央還是清楚的知道西露姑身體狀況的改變，因而感慨。

「像以前那樣多好啊！」撒米央又說。

撒米央記憶起十歲那一年十月的某天上午，吃過早餐以後的時間，西露姑如常出現在她家院子叫喚她，然後神祕兮兮的帶著她越過大巴六九溪，朝部落南方的草原移動。這舉動嚇壞撒米央，因爲這個時期已經進入「焚獵」的季節，各氏族的男子會所「巴拉冠」已經動員，並發出現在正在這個區域行動的通告。

這個焚獵行動是一種集團圍獵的傳統方式。其放棄使用火繩槍而採取耗人力的圍獵方式，是著眼於「團體合擊」的訓練概念。首先將參與行動的男子編組，並以風的垂直方向並列切割出幾個區塊，每一個區塊間隔約一百步，一個區塊就是一個圍獵團體。焚獵進行時，事先預留出上風處的方向，由主要的精壯漢子持長矛在此埋伏，其餘三處則安排較少的人放火形成三面火牆並製造聲響，驚嚇火場內的動物本能的朝未著火的方向逃竄，並且臨機撲殺穿越火牆的受傷動物。但是埋伏人員在上風處，味道不可能逃過動物嗅覺，也可能迫使逃命中的動物選擇穿越火牆，或者穿越獵人埋伏所形成的人牆，獵殺便開始。

焚獵主要對象是較具經濟價值的梅花鹿，獵捕後將其鹿皮、鹿茸、燻肉脯集體做處理，待年終時，由部落派人穿越中央山脈南段，出枋寮[12]與漢人交換布疋、珠寶飾物、陶製品、槍彈、鐵器等。

以長矛對付受火驚嚇四處奔突衝撞的梅花鹿，是極其危險的。除了梅花鹿的長鹿角在受到驚嚇時亂竄可能傷人，草原不預期出現的野豬，甚至混雜的更大型水鹿等攻擊性的動物，也可能突然出現而傷人。另外，各個編組人員，面對突發狀況的反應不一，彼此刀矛誤傷或火傷、嗆傷的事，也常發生。所以，焚獵期間，嚴格禁止任何婦孺進入彪馬社南方大巴六九溪以南的草原；任何參與狩獵的男子均需納入各個氏族的巴拉冠組織編組行動，不允許單獨進行狩獵活動。

撒米央的驚懼，除了遇見野獸的不確定因素，最主要還是來自於違反規定可能受的處分形式如杖撻、拘禁，以及執行處分時的輕重等更不確定的因素。

西露姑可不管這些，一股勁的拉著撒米央渡過溪，並在往前二十步兩棵羅膚鹽木旁，一叢茅草中取出兩支長矛，一支交給撒米央。那矛尖朝上，高度剛好超過兩人的身高一倍有餘。

撒米央最初是抗拒的，但是她了解西露姑這大小姐脾氣不可能改變，又看見遠處冒起了幾道濃煙，她爭雄之心大起，只搖搖頭便扛起長矛選擇最近的焚獵區塊，拉著神情興奮卻沒方向的西露姑潛行貼近。從草原上頭看去，兩個十歲女娃執起長矛在高聳的五節芒草區移動，矮小得根本沒激起一絲的綠浪。

焚獵區四周已經燃起煙火，負責燃火的漢子們四處拍打草叢與灌木群，並呼喝著發出吼叫聲造成騷動。多數燃火點的濃煙已經竄出火舌，併著火燄燒過的灰黑炭渣向上騰起、盤旋、糾結，驚起各類鳥群撲翅竄行在燃起的煙柱之間躲逃。就在西露姑與撒米央接近焚獵區的燃火點所形成的火線時，草叢忽然衝出一隻頭角已經長了三叉的山羌，朝著兩人的方向衝去，兩人同時驚叫了一聲。待回過神，竟發覺山羌已經掉過頭，沿著燃燒的長草邊向北逃竄，兩人立刻調整長矛槍頭，追了出去，西露姑還不時大喝幾聲。山

12 今屏東縣枋寮。

羌跑得快，兩人追得也急，眼見就要進入一片雜樹林，卻看見山羌忽然回頭，迎向面兩人的正面，西露姑本能的閃避而摔在一旁，跟在後頭的撒米央怕撞上西露姑，急停收勢，卻跟蹌右摔剛好撞上迎面而來的山羌右角，角尖在她的右臉頰挖出一道直長的血槽，撒米央慘叫一聲痛苦的掩面倒地。意想不到的事發生了，山羌忽然慘叫跌停在撒米央右後側的芒草叢根。三個部落漢子先後抵達與出現，看到現場也嚇了一跳。

原來，長草叢掩蔽的底下，山羌與兩個女娃追逐所發出的長草撥動聲、嘓嘓哞叫聲、喘息聲，遠遠引起相隔幾個燃火點的漢子注意，其中兩個漢子不假思索地，分別從後方與側邊提了長矛追了出來；奔跑方向的另一個漢子也注意到這個狀況，也立刻持長矛逼近。山羌在奔跑中進入前方雜樹林以前，見到了那漢子，所以急急的想改變方向，但牠的右側已經進入低矮的刺竹叢無法穿越，左側則是一連串的燃火點所連成的火牆。牠本能的往回頭，沒想到與受驚嚇的兩個女娃衝撞在一起，更沒想到的是，原先在後方與側方追來的漢子，見到眼前草叢快速的被撥動排開，各自憑經驗的刺出長矛。側邊刺來的，剛好刺進撒米央倒下時頭部位置約一個拳頭距離的茅草叢根，整個矛深入約一個手掌深；另一支長矛是原先在後方跟進的漢子刺來，直接刺中掉頭而回的山羌胸口，以一個小手臂的深度將山羌刺殺倒地。還好，兩個女娃是先被驚嚇跌倒，否則隔個草叢的不尋常騷動，肯定被部落漢子當成獵物刺殺，那後果更不堪設想。

兩人受到了懲罰。這個懲罰，不只是因爲違反規定進入焚獵區域，另外一個原因是：這一次的焚獵行動同時進行了兩個區塊，但是獵物卻比平時少了一半，還意外重傷三個人，有人把矛頭指向西露姑兩個人違反規定觸犯禁忌所導致的厄運。日後，西露姑的母親規定指派一位女侍，全天候盯著她的行蹤，不准再發生類似的事。但是她們受傷的事，多數人還是覺得十歲的女娃持成年男人的長矛狩獵，是一件值得稱頌的傳奇。

轎子就要進入高大的刺竹林圍繞著的彪馬社「邦蘭—普悠馬」舊社，撒米央下意識的撫摸著右臉頰上增生了息肉的疤痕，抬起頭看了看轎上時而緊皺眉頭，身形已枯槁又不停抽搐的西露姑，撒米央心裡輕嘆，同時催促著抬轎的漢子加快步子！

十六歲那年，撒米央已經是西露姑最貼身的專任女侍，被允許不必從事農務，白天的時間可以自由進出部落領導人家裡陪伴西露姑。那一年，西露姑又幹了一件令部落男人感到羞愧的事。

那是六月下旬，各個部落繳送歲賦的季節。

一日，西露姑心血來潮要求撒米央預先安排好長矛、弓箭等攻擊性武器，第二天下午便帶著她與另一個女侍，藉口到部落外農作田體會小米收穫的勞動。三人一離開部落西側農作田後，便取出撒米央安排家人預藏的兩支長矛與一組弓箭，沿著大巴六九溪北岸，轉往西南邊大巴六九部落的方向進行狩獵。

狩獵情況不如西露姑預期，離家近三個小時一直到了傍晚時間仍無所獲。西露姑決定放棄，回頭離開前走進草叢解手完畢，才站起身來，發現一隻長了一對獠牙的山豬，在前方約十五步位置，正在翻扒一叢姑婆芋。西露姑怔住了，忍不住驚叫一聲，那山豬回頭看見西露姑，似乎也沒有離去的意思，輕微揚起長吻後突然猛烈朝西露姑衝去。西露姑受到驚嚇，只「嗚嗚」的亂叫兩聲，才轉身就摔了一跤。那山豬一對獠牙約一個手掌長度，兩柄刺刀似的已經衝到西露姑前方兩步。忽然，一支長矛從西露姑倒地的頭上後方穿刺而來，刺中山豬也減緩牠衝向西露姑的力道；卻同時響起了撒米央的慘叫聲，原來她聽到西露姑驚叫，立刻提了長矛衝過來，見到山豬衝出，本能的刺出長矛，刺中山豬卻反被山豬頂翻。

西露姑立刻回過神，毫不遲疑的轉身撲向那山豬，一使勁將牠側翻轉過來，然後雙臂穿過牠那前腳，雙腿盤開牠兩肢後腿，使得山豬前後腿各一肢朝空踢動，激烈扭動與狂嘯吱叫。

被山豬獠牙穿刺的危機算是暫時解除，但是西露姑死抱著近六十公斤重、不停的扭動掙扎想脫困的成年山豬，半個身體壓在山豬下面已經造成一些嚴重擦傷。撒米央與另一個女侍意識到，再拖過一些時間西露姑體力勢必耗盡，掙脫後的山豬定然將更加凶悍致命。所以兩人迅速欺近，拔了刀想趁隙捅山豬幾刀，又顧忌傷到扭動中的西露姑，兩人乾焦急卻遲遲無法下手。

「我來！」突然一個漢子大喝一聲，穿過撒米央兩人，拔了匕首摸準了山豬心窩刺

們啊！未來有機會，他們一定煽動彪馬社與呂家望之間的紛爭啊！」

「世伯擔心這個？」

「你……擔心？」

「嗯……呵呵……他們不煽動，我還要挑撥呢！」被稱爲新才的年輕人，姓張，注視著老者輕輕搖頭，笑著說。

「這話，你放在心上，別多話了，番社之間的紛爭的確有利我們的拓展，但是，也不能盲動啊，能削弱便削弱，但可也不能完全讓他們癱瘓了，未來我們還得面對官府呢。」

「世伯說的是。自己人，我也不好隱瞞您，我希望番社再弱一點，他們的倚賴性高一點，我們就越顯得重要。」

彪馬社舊部落東南邊，一座東向的漢式宅院，周邊栽植著九重葛、七里香兩層當樹籬，幾棵檳榔樹於樹籬內側等距羅列著朝天枝長。院子內仿漢式的二進建築並不高大，第一進與兩側的圍牆牆面，以數根約大腿粗細的刺竹莖，相隔四尺立起一根柱子，牆面

1 今台東關山鎮電光里。
2 電光里隔卑南溪對岸農田。
3 今台東池上。
4 今池上鄉錦園村。
5 原居住於高雄、屏東移住的平埔族群。
6 今之屏東。

全以稻草、黏土、牛糞夯在竹條編成的牆網上，外表再敷上白灰；屋頂看起來像是才換過的兩層白毫茅草，院子橫拖著影子的檳榔樹蔭下，兩條黑狗相撲著玩耍；一個婦人拿著以山棕葉編成的掃帚，掃著圍籬叢樹底下的落葉，而炊煙起自建築左側第一間的廚房向上竄起、裊裊而後飄散。這是西露姑的家，第一進的大廳，兩名著漢式長褲短褂的一老一青年漢子抽著菸正以福佬漢語交談著。

交談著的兩人，較年長的是陳安生，五十好幾的漢人移民。一八五五年（咸豐五年）彪馬社第二十任領導人奧而馬感，將長年與他在枋寮做番產交易的漢人鄭尚引進台東平原。當時鄭尚帶著禾、麥、芝麻種子，並招募枋寮地區的漢人移墾戶在寶桑地區落戶，陳安生隨著父親也一起來了。他很快學會卑南語，又不斷結交彪馬社各氏族的主要實權者，逐漸取代鄭尚。一八七〇年婚入西露姑後，除了繼續長年買賣彪馬社以及其他鄰近部落的番產，更憑藉著「卑南王女婿」的身分掌控東部番產西運，以及引進部落所需之貨物的經營管理。加上持續鄭尚的生財方式，招入墾戶取得土地開發的利潤，並運用手腕巧妙地增加對彪馬社各個會所的影響力，而後完全取得部落政治經濟體系的掌控權。

對內如此，陳安生對外的經略也同樣細膩且具關鍵性。一八七四年（清同治十二年或日本明治五年），陳安生婚入西露姑的第四年，發生了幾件事。首先是元月份，日本小田縣民四人海運載貨，遇強風在東台灣「馬武窟」[7]觸礁遭當地人劫掠，適巧陳安生在東海岸番產買賣交易與考察，於是陳安生將其帶回彪馬社照料，更運用其在台灣西部

「打狗」[8]與枋寮地區的關係，將遇難的日本人，送往鳳山縣[9]。當時鳳山知縣李瑛公文往來中，便以「番目」稱呼陳安生的職稱，直接認定其爲彪馬社的領導人。

一八七四年的另一件事是，三月份陳安生聽聞日本軍隊即將在屏東牡丹地區用兵[10]，遂立刻結束其在打狗的遊歷商訪，急急奔回彪馬社欲調度彪馬戰士，準備趁日本人用兵時，從旁懲戒向來在貿易上不與他合作的牡丹諸社。

一八七四年中的一場天花瘟疫蔓延，整個台東平原住民上千名喪生，居民四下逃難，陳安生藉其財力與影響力，協助安置陸續回到彪馬社外圍的族人，建立新的聚落，提供開墾新田所需的種子。陳安生裡裡外外的運作，使得西露姑重新掌握了彪馬社的實質領導權與對外的發言權，勢力遠遠超過彪馬社常規體制內的領導人林貴之上。其能掌握的區域，除了花東縱谷以及花東海岸沿線，仍由傳統領導家系的「巴沙拉特」所掌握之外，平原一直往南到「巴塱衛」[11]的歲賦，已經以拉赫拉氏族的西露姑爲繳交對象，也使得西露姑延續了其家族作爲「卑南王」甚至「卑南女王」的權勢與尊貴。

「呵呵……看來，新才，你已經清楚了番社之間的紛爭的機會。說明你的事業基礎

---

7 今台東東河鄉。
8 今之高雄。
9 今之鳳山市。
10 牡丹社事件。
11 今之大武。

大致打好了！不過，若要穩固的持續發展，你必須娶個有勢力的番婆，不是歸化呂家望，就是娶彪馬社的女人，我建議後者。」

「像世伯一樣？」

「嗯，像我一樣，入贅卑南王家裡，然後牢牢掌握這個部落，想辦法削弱任何可以威脅取代彪馬社的番社，控制整個平原。」陳安生半瞇著眼，呼了一口煙。

「世伯在，我哪敢這樣打算！」

「呵呵……我不行了，身體垮了，跟西露姑生的女兒也還是個嬰兒，看來也不能指望她能延續什麼。唉！我能活著看著田產的時日不多了啊！」陳安生吸了口菸，輕嗆著說。

「世伯，別這麼說啊！」

「我是認眞的！你認識我也不是一天兩天的，這個時局，什麼是關鍵？我不相信你看不出來！」

「這……」

「先不說呂家望那一批漢人怎麼樣，光是彪馬社內部的分歧，也還是個未定之數。還好目前的情況還掌握在手裡，就算鄭尚的兒子林貴是部落頭目，番社的決定權依舊掌握在西露姑這個女王手裡啊。」

「西露姑是聽您的啊！」張新才貼心的急著插話。

「哼哼……」陳安生抬起眼皮望了一眼張新才，露出得意：「這就是我的謀略啊，我掌有大多數的財富田產，甚至鄰近番社的掌控權，我可不希望兩腿一伸全部歸零啊！」

「應該不至於吧！」

「照目前的狀況，不出幾年林貴的兒子葛拉勞也會接任部落的頭目，如果現在不打好算盤，我們目前的優勢就會完全瓦解。」

「依世伯的看法呢？」張新才下意識的敲了敲菸斗想抖落灰燼。

「趁我跟西露姑還在，我們還掌有彪馬社實權的這個時候，盡早確立達達的影響力！將來與新的頭目建立合作關係，或者架空他的支配權，讓部落實際的權力依然留在卑南王拉赫拉這個氏族，那樣，我掙得的田產便能保留得下來，而你的家產也更能快速累積。」陳安生幾乎是停止了抽菸，直視著張新才。

「我的田產？」

「哼哼……別說你沒這麼打算過！」

「這……哎呀，世伯這麼一說，便說穿了我的心底事，我也不好隱瞞了！哈哈……」

張新才被窺破心事，反而更輕鬆的大笑了幾聲。

「這是最符合我們利益的事啊，我想西露姑也不會反對的！」

「這樣子……，那就先謝謝世伯，往後還得請您多多關照呢！女王那邊您就多費點心了！」張新才起了身鞠躬作揖，「喔，我多帶了一些大煙，世伯，我們要不要抽一管啊！」

「好啊！不抽鴉片就覺得沒生氣，來一管好了！」

陳安生準備起身，院子口閃進了一頂八人抬的無頂大轎，無聲卻慌張的在第一進大廳門口落地。

「是女王回來了，世伯呀，我得先告退了。這些您留著，下一回再多帶些來孝敬您吧！」張新才見到轎上身子抽搐、兩眼不斷流淚卻無神茫然、流著鼻涕口水的西露姑，心知她是鴉片煙毒癮犯了，所以放下以小花布包紮幾層的鴉片煙連忙告退離開。

「扶女王進屋子吧！」陳安生交代著，起身後，轉進第二進正廳後的小屋子準備鴉片菸具。

「女王」的稱號並不是彪馬社傳統對女領導人的稱謂，即便第十九代領導人希洛谷是個眞正名實相符的女頭目，「女王」甚至「卑南王」這個字也還沒出現在東台灣，那是隨著鄭尚等漢人的逐漸增多，才漸漸以第十八代領導人卑拿來進京受犒賞六品頂戴，所形成的「王爺」形象，在漢人之間傳開的，對彪馬社領導人的習慣稱謂。陳安生婚入拉赫拉氏族的西露姑之後，更加的利用各種機會強化這個稱謂，一方面想延續自十九任領導人希洛谷以來女性領導的正當性，一方面藉漢人口耳稱頌形成一種氣勢，自己名正言順的當起實質的彪馬社「頭目」。

陳安生看著被扶上煙床的西露姑，點燃起了煤燈，取了一管吸鴉片的長菸斗後，塞了些鴉片膏後，菸鍋直接就著火燃燒，菸頭塞進自己口裡，長長的吸了幾口，緩緩呼一口氣之後遞給西露姑，心裡不勝唏噓。他又燃起了一管，然後側躺在鴉片煙床另一側，重重地吸一口，又緩緩的長長的呼出一口氣，瘦削面容與略顯乾癟的肢體，忽然有了一線生機。

我這一生，總算也沒白活了！陳安生徒然咧著嘴心裡說。

這些年，他確實是一個實質的卑南王[12]，清朝卑南署公文上還看得到以「番目陳安生」稱謂之。十年前因船難被救起的日本人，為了表示感激，還停留住宿在這裡近四個多月為他砍柴修籬植樹；「卑南街」地區的漢人，凡事請示或尊請代為調解紛爭；連部落的六大氏族也無不隨著他的意志執行。儘管真正的頭目林貴心有不滿，礙於拉赫拉氏族的西露姑，以及陳安生實質的權力，也多有退讓。還好陳安生也有節制，進退之間謹守分寸，不讓林貴過於難堪，任何舉動措施一旦有踰越的疑慮則由西露姑出面協調解決。

幾口鴉片煙後，陳安生精神來了，正想坐起來，院子傳來一些嬉戲聲、犬吠聲，他還注意到其實已經聲響了一陣子的鍋鏟聲。

12 卑南覓、卑南平原之王。

「這個達達呀！每天都要這麼晚回來，哪像個姑娘啊？」鴉片煙床的另一側，西露姑忽然發出聲來。

「嗯？妳精神來啦？」被突如其來的聲音嚇一跳，陳安生撇過頭說。

「這個鴉片煙眞是個好東西！也眞不是個東西！」西露姑移開菸斗說。

「別嫌了！鴉片越來越貴，現在有錢也沒得買了！」

「那怎麼辦？都是你，你吸個大煙，也要分我嚐嚐，讓我上了這個癮！」

「哈哈……自己好奇要吸菸，卻要怪到我頭上，妳在舒服的時候，怎麼不感謝我啊？」

「可是這煙毒，你不會不知道吧？」

「煙毒？哎呀，西露姑啊！誰不知道這個毒癮啊，最初誰又會在意那個呀？妳想想，朝廷銷了煙，也打了仗，連英國人那個賣鴉片的鬼國也都宣布這是毒品了，鴉片還是存在啊。現在鴉片少了，鴉片反而越來越貴了，可是吸鴉片的人沒有更少啊。這個年頭，整個大清國吸鴉片的那麼多人，可不是每個人都有能力知道煙毒的眞實滋味啊，能抽到這種程度的煙癮，只有我們這種等級的鴉片老鬼才有辦法的，這是身分啊！」陳安生說著，屈著的左腿忽然誇張的朝天舒展，一支枯乾的柴枝，自滑退的褲管伸出。

「呸，什麼鴉片老鬼的，你胡說什麼身分地位？既然知道煙毒這麼厲害，你還害我！」

「別抱怨啦！全台灣的番仔，我看就只有妳這個彪馬社的女王，有這個能力抽鴉片抽到犯毒癮，將來寫書的人一定會記上妳一筆。」

「還說呀？這種事記上一筆有什麼好光彩的？你也不想想，風光了十幾年，我們可都要斷送在鴉片煙上頭了。還有，看看你，這幾年身體垮了，你不出門活動田產也都快賣光了，再不想點辦法，我看部落還沒整頓好，我們都要先見老祖宗了。在這個之前，萬一連帶影響手底下那七十幾個社叛離了，我怎麼對得起列祖列宗啊？」西露姑腦海閃起卡地步、呂家望幾個部落的態度，想起花東縱谷區內的幾個部落有一搭沒一搭的送繳歲賦，自己卻無可如何，因而恨恨的說。

「哎呀，妳就別想這麼多吧，有些田產一時之間也脫不了手，算一算，我總算也沒白活了這一生，就算從現在開始我們都躺在這裡，什麼也不幹，以我過去十幾年打下的基礎，短時間應該還能控制這一切吧！那七十幾社真要叛離，有林貴頂著，也輪不到妳來背歷史罵名啊。」陳安生吸完最後一口，還捨不得的乾吸了幾口！

「這什麼話啊？這彪馬社的榮光可是我拉赫拉氏族建立的，林貴怎麼看待，我管不著，我活著一口氣我就不想見到這情形發生。你啊，最好想個法子吧，不額外的去賺點錢，就算你賣了自己的田產，也要把家族田業穩住。」西露姑咳了一下，口氣忽然轉換，變得平淡繼續說：

「喔，對了，前天我一時心急，把曾祖父從北京帶回來的六品頂戴賣給了一個古物商，說好，過些天你賣了田，讓我給贖回來。」

「什麼？妳把那頂戴賣了？那是要殺頭的！」陳安生幾乎是瞬間坐了起來瞪著西露姑。

「瞪什麼？你嘴裡吸的這些，哪兒來的？要等得到你賣了田買煙膏，我早伸腿瞪眼啦。不讓我跟那些虱子一樣的小販買鴉片，難道要我調動人馬去燒了卑南衙門，搶他們那些兵營的鴉片啊？再說殺頭，在這裡，在彪馬社的地盤，誰殺誰的頭啊？我沒把哪些駐屯的兵勇都剁了給田地施肥，他們要感謝祖奶奶我。說起殺頭，憑他們一兩百人？」

「哎呀，我說妳唷！」陳安生想說什麼，想起西露姑的話也不無道理，停嘴了又躺回煙床上。

說賣田，在台東平原境內有能力買田的，都付了銀子買了陳安生早先開闢好的稻田。有些招墾戶、佃農想買田買地的，也得等到收成，以穀子收成按季分期還清；就算其他部落象徵性送來的歲賦，也都是祭儀時期有季節性的低價值山產，用來買已經屬於稀罕高價的鴉片，緩不濟急也根本換不到足夠的量。西露姑變賣古董已經不是第一次，但是這一回變賣當年乾隆皇帝犒賞的六品頂戴，會不會引起地方官衙門安個欺君罪名追究，誰也說不準，陳安生搖搖頭，嘆了口氣，有幾分憂心。但想起他們兩個人身體狀況，沒有鴉片根本挨不過三天的煙毒折騰，比起那種痛苦滋味，就算後來連誅九族，似乎也不是那麼嚴重的事了。

區的所有部落與官府對話。

想著想著，西露姑忽然想起去年才生產的小女兒陳貴英，因爲自己抽大煙身體無法負荷而交由奶媽帶養，又覺得不忍心而泫然，右半身不自覺抽搐，一些鼻水也流了出來，她取了手絹擦過，腦海閃過鴉片煙又想起大女兒達達。

「嗯！看來，你是想替達達找個有能力的百朗夫婿了！」西露姑收起心情，枯癟的臉孔忽然目露精光直視陳安生。

「這是比聯姻呂家望來得有實質效益的！」陳安生說，接著也打了個呵欠，鼻涕歘歘的流個不停。他本能的抬起左臂擦拭，繼續說：「更何況，呂家望的狀況應該不會持續太久，他們變強悍了，卻也更躁進了，要不了多久一定會出問題的。」

「你說了半天，該不會是要給張新才說親吧？」西露姑也打了個呵欠，邊說邊吸了口菸說。

「正是如此，他正值壯年，精通閩粵兩種漢語，對彪馬、阿美幾個族群語言也熟，將來極有可能是整個地區的總通事，招他進門只有好處沒有壞處。」

「這……」

「更何況，他還不停的買田置產，將來我們的田產也不致落入外人手裡……」陳安生話沒說完，身後忽然響起了一個年輕女人聲：

「我不要……」

「達達！」西露姑慌張又困難的回頭，看著達達的背影喊著。

只見原先用過餐休息的達達忽然走出大廳，自兩人背後大聲的嚷著，顯然兩人的交談一字不漏的都聽進達達耳裡。

「我不要你們的安排！」達達又大聲的說，朝著院子口逕自走出，幾個值班的女侍跟了出去。

「達達……唉，這丫頭！」西露姑想叫喚，卻有些力不從心的虛弱感，看著達達氣呼呼的背影，幾分無奈的說。

「飯前才吸過大煙，現在又開始犯癮了，我看我們需要再吸一管啊！」陳安生只抬起了眼看著達達走出院子口，擦了鼻涕提議著。

「也好，才入夜不久，睡也睡不著，抽個鴉片吧！有精神了，你再跟我說說其他的事！唉！」西露姑說，隨即危顫顫的自靠背的藤椅站起來，不等身後女侍的欺近扶持，便朝屋內緩步走去。

「唉，這個丫頭！」西露姑又唉聲嘆氣的碎唸著。

吸菸房的鴉片床上，西露姑吸了幾口之後，抬起眼看了陳安生問：

「你有別的法子嗎？」

「什麼別的法子？」

「張新才啊，跟達達的事啊！」西露姑聲音稍稍拉高。

「這種事，我不懂，除了製造機會見面，還能有什麼辦法？妳眞要是全力支持，這個事就好辦些。」

陳安生的回答，令西露姑陷入沉思，吸了一口緩緩吐出氣來，又吸了一口，精神漸漸好起來了，看著陳安生說：

「嗯，三月的小米需要除草疏苗，番社婦女也有活動，我看就那個時間做正式介紹吧！」

「也好！我們也只能這樣了，剩下的就看張新才自己怎麼創造機會了！」陳安生側躺著，不自覺抬了抬左腿高舉的說。

「對了！這大煙，純度好像比較高，是新貨嗎？」

「應該是吧！傍晚張新才送來的，他說過些時候會再拿一些過來。」

「這個張新才喔！」西露姑說著，嘴角稍稍揚起，側著的身子緩慢轉向陳安生。

牆面頂上一隻壁虎，「嘓嘓」的鳴叫轉入屋簷縫隙，忽然轉頭望向鴉片煙床上兩個枯槁的身形，正隔著一張小抬桌側著屈著身面對面，一動也不動，除了嘴巴久久一次的張合。

第三章
母女的爭執

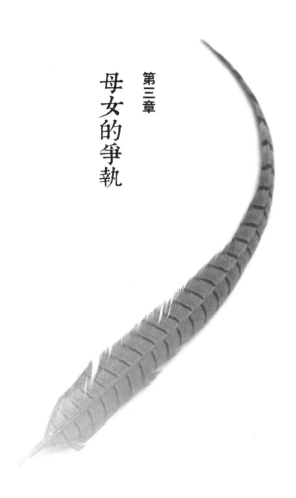

一半的天空蒙上一層鉛灰雲泥的上午，由呂家望通往彪馬社的一條兩人並列寬的小徑上，五個著短上衣、短裙，臂膀裸露在外的佩刀精壯漢子，頂著長及後頸的長髮，葷素不忌的插科打諢，時而交談，時而嬉鬧的走在小徑上。

這是一八八六年三月中旬，爲首的是名叫布昂的昂藏偉岸漢子，邀約了四位二十出頭同年齡的呂家望部落青年，背起一些乾肉與荖葉藤一起前往彪馬社，受邀參加彪馬社第一季小米疏苗的餘興活動。偶爾穿透雲層的陽光，陰晴不匀地灑在這些漢子洋溢笑容的臉上與強健軀體，斑爛中透發著生機與青春，整條小徑也似乎感染了那樣的氣息，兩側的雜林芒草叢梢飛進飛出一些黑頭翁、斑鳩。

「看來，去一趟彪馬社，沿路的那些飛鳥沒什麼意見的。」一個漢子說。

「意見？能有什麼意見啊？彪馬社的達達要見布昂，誰能有什麼意見啊？怎麼？你有意見？」

「呸，看你們說的，她要見我，我就得去見她？當我是什麼呀？我可是呂家望的布昂呢！」布昂忽然提高音量，表情卻無不悅，一張嘴開裂的說。

「對對對，你一定是可憐她，怕她幾天沒見到你，吃不下飯睡不好覺？」一個漢子從隊伍的最後方發話，聲音伴著笑意。

「對！說最帥的男人，你不算，找最高最壯的，你也排不上名，但是要找一個讓女人無時無刻不開懷大笑的，我看整個平原沒有第二個人有你的本事。」另一個漢子，順勢吹捧。他的話引起大家哈哈大笑回應，笑聲驚動幾隻停歇在路旁幾棵相思樹的烏鴉，飛了起來。

「我想，達達一定會要你入她的門，做他們家的男人，那這樣子，我們呂家望還有誰可以天天逗我們樂子啊？」一個漢子也說。

「呸，你們又要胡扯什麼？是不是要說我只是個喜歡耍嘴皮子的人？啊？別忘了，要比力氣比打架，你們加起來一起，還不見得打得過我呢！」布昂眼神環視過幾個夥伴，聲音又稍稍提高，臉上堆起了笑容卻不見怒意。

「唉唷，你的神勇威猛誰不知道啊？恐怕全彪馬社的萬沙浪沒有人不知道，否則達達看重你，怎麼沒有人抗議啊！」一個漢子說，他的話引起大眾附議。

「其實，我懷疑一件事，一直沒記得要去證實，現在想起來了。布昂，我問你，你可要老實說啊！」一個漢子接下來的問話，吸引大家注意都靜下來看著布昂。

「我問你，去年以前你被派到彪馬社出勞役，是不是跟達達有過什麼……」那漢子突然閉嘴，吊著眼看著布昂。

「說啊，我看你那張狗嘴能問出什麼話來！你自己不也是去出過勞役？你有過什麼？沒有過什麼？」布昂警覺這漢子話中有陷阱。

「這……你說的的確是那樣，而我想的也似乎不可能，男女有別的，我們偶爾派去抬轎，也只能送到門口。不過……」

「不過什麼？又……什麼的確是，什麼不可能，你到底想說什麼？」

「我常看到達達接近你，偶爾說兩句然後哈哈大笑。」

「呸！你去出勞役還是被派去監視我啊？她沒事找我說兩句是事實，那又怎樣？」

布昂忽然輕皺眉頭。

「又怎樣？她有事沒事想到什麼也會跟我說兩句啊！怎麼就只惦記著你，不想著我？」

「唉，你也不找個臭水窪照一照自己的樣子，你又不高大俊美，你要彪馬社那些人高馬大的女人看上你什麼？呸！」布昂說，整個表情刻意扭曲表達不屑。

「不對喔，這幾年前後到彪馬社出勞役的所有人之中，你不算高大也不俊美，嘴巴甜的也不只你一個，為什麼獨獨你受達達青睞？」一個漢子眼神閃出一點狡黠。

「呸啦！你們喔，走路太無聊還是怎樣？拿我尋開心還是找麻煩？」布昂停了一下，「好，你們說，是怎樣？為什麼達達指名要我？」

「我看，這事情不單純。」一個漢子冷冷的說。

「你一定有什麼祕密讓女人開心，而你不讓我們這些弟兄知道。」一個漢子補了一句。

「呵！我能有什麼祕密瞞得過你們？我又需要隱瞞什麼？」

「你忘了，你常常炫耀你的『乎地勒』[1]有多長有多厲害，說不定……」

「閉嘴！」布昂沒等那漢子說完便斥喝著，「大家集體生活的，出門出勞役，進門就窩在一起，傢伙再長再厲害又能怎樣？」

「啊哈，你承認了！」

「我承認什麼？」

「長啊，你的乎地勒長啊。」

「那又怎樣？」

「怎樣？那些傳說可不是揑造的啊！」一個漢子說，看了一眼其他的漢子繼續說了一個流傳在部落的長陰莖男人的故事。

說古早前一個擁有長陰莖的男人，因爲陰莖太長，所以平時出門就把陰莖纏在腰上，又不甘寂寞的經常趁著婦女們洗衣服的時候，把他長長的陰莖放出來，沿著水流去騷擾婦女。婦女不堪其擾，某日相約洗衣服前便商議著先準備了一些刺針荊棘設置在水道上，當那男人依著平時的習慣，放下陰莖彎彎曲曲的順水流下搜尋目標時，幾個婦女趁機拿石頭砸，那男子感到疼痛，長陰莖急速的收縮，被埋藏的刺棘分別從不同的角度扎刺，使得他的陰莖痛楚的高高舉起，忽然瞬間從根部斷了，變成後來的刺竹。

「哪！就是你現在看到的這些刺竹林。」說話的漢子指著小徑南面成排的刺竹林補

---

1 陰莖。

充說。

「呸！那是老人閒慌了編來騙人的故事，你們也相信？」

「怎麼不信？你從來沒讓我們看過你的東西，洗澡小便你都躲著自己來，你一定是那個樣子！」

「一定是！你的腰看起來總是怪怪的圓腫。」一個漢子加強語氣的說。

「我們趁今天，一定要看清楚你是怎麼回事！」另一個漢子也附和。

「休想！」

布昂等那一個漢子才說完，大喝一聲已經往前奔去，其他漢子見狀，嚷著要布昂別跑，然後吵吵鬧鬧的在後邊追了去，速度之快，沿途揚起了一些塵灰，而小徑兩側紛紛驚起了鳥雀盤旋，途經一棵雀榕時，布昂忽然停了下來，伸過手示意後面的人停止。喧鬧的幾個人忽然都安靜下來，手按著刀柄急停收勢，幾道目光向前精射而出，喘息著警戒著。

「怎麼了？」

「到人家門口了，我們這樣子衝進去，會引起誤會的！」布昂頭也沒回，眼睛注視著前方高大龍眼樹所形成遮蔭地，幾個刻意被堆疊排起的石椅。

「眞不愧是呂家望的萬沙浪，能瞬間從嬉戲的狀態進入戰備狀態，我們走吧。」一個戴著頭巾，著短上衣配著刀的漢子在石椅後方幾棵檳榔樹叢後方，遠遠看著布昂一行人瞬間的警戒氛圍，輕聲讚嘆，隨即帶著幾個跟隨巡邏的青年離開。

那監視的一組人，令幾個呂家望的漢子都不自覺舒了口氣，慶幸剛剛沒這樣嚷嚷著衝過去，那恐怕要引起打鬥了。

「還好沒引起人家誤會啊！」布昂不自覺輕聲的說。

「呵，你會擔心這個啊？」

「呸，我不相信你連這個也分不清楚，什麼時候該開玩笑什麼時候該正經。」

「喔，說說嘛，你這麼當眞？」一個漢子說。

「好，布昂說得對，是該正經一點的，都要進到人家部落裡了！這麼冒冒失失的確會出問題的。」一個向來喜歡出人洋相的漢子說話，他的話果然吸引眾人不可置信的瞪著他，預期他會有更驚人的下文。那漢子沒理會眾人，繼續說：

「布昂啊！你聽過一個傳說吧？」

「又是什麼傳說？又要說我了是吧？你們有完沒完啊？」

「那個谷地[2]長牙齒的事！」那說話的漢子沒理會布昂的抗議，很正經的問。

「知道啊！」

「如果那樣，知道爲什麼達達要選你了吧？」

2 陰戶。

那漢子的話讓大家都陷入安靜，又突然爆出笑聲，聲浪往四周炸開。幾道田園防風林外的一群婦女停下手邊的活兒，抬頭向這個方向張望。

陰戶長牙齒的事，流傳於彪馬社上古時期，故事的內容是指部落有一個美麗女子，到了適婚年齡，母親便在附近一個富裕又進步的部落，開開心心的為她找到了一門親事。但是新婚夜之後沒兩天，新郎死了。不得已，女孩回到母親家。過了兩年，她母親又在同一個部落找了一家更富裕人家嫁。沒想到離奇的事又發生了，第二天那新郎也死了。她母親覺得自己的女兒不吉利，帶回家後，經過再三的查詢，才知道原來女兒的陰道口左右各長了一排牙齒，先後兩任的新郎都在洞房花燭夜時，被咬斷了陰莖，失血過多死亡。她母親覺得不吉利，羞死了。於是要女兒的父親釘製了一口箱子，讓女人坐在裡頭，從卑南大溪流放。那箱子沿著溪水流到了海上，又隨著海潮往南飄到卡地步附近海灘，最後被卡地步人救起。卡地步人受她的美貌吸引，所以想了辦法除掉她陰戶的牙齒，並娶回作為妻子。

眾人爆笑的原因在於，他們直指布昂有著長長陰莖，可以忍受那女子一段一段的逐步「剪短」，布昂當然知道他們的語意，沒有生氣也跟著大笑一團。

「呸，別鬧了，說起卡地步，我倒想起一件事情。」布昂制止了大家繼續胡鬧。

「阿雅萬[3]的兒子，上一次提到我們應該停止再送歲賦到卡地步了，畢竟他們已經不再是以前那個傳統盟主的卡地步部落，我們部落早就比他們強太多了，沒有道理一直延續以前的習慣，送東西過去呀。」布昂說。

「你是說索阿納？」

「當然是他啊，除了他還有誰有那個膽識，他將來一定可以接任阿雅萬的！我們遲早要跟卡地步人打上一架的！」

「布昂，你說的太肯定了，雖然最近幾年我們和卡地步爭吵過幾回，也覺得確實該跟卡地步人畫清界線，但打起來可能嗎？」一個漢子說。

「有可能啊！就像以前彪馬社拒絕繳交歲賦，就要那些送歲賦的萬沙浪中途把肉類食物全吃掉一樣，我們今年也可以這樣子幹啊！卡地步已經不是以前的卡地步了，我們也不是以前的呂家望了，光想到要送東西去他們那個破部落看他們的臉色，我就想吐，最好打一架看誰厲害。」

「不是吧！布昂，是你怕達達被搶去，所以想跟卡地步人打架吧？」一個漢子說，他的話又引起爆笑聲。

眾人嬉鬧著一路進了幾座小米田之間的雜木林，嘻笑聲沒停止而一連串嬉戲的女聲已經一浪一波的傳來。

「喔，他們正在熱鬧了，待會兒跟誰接頭呢？」布昂才疑惑的說著，一行人便已經走出雜木林，忽然三、五個女聲夾雜男人的招呼聲響了起來：

「喔，呂家望的萬沙浪來了！」

這是一個小廣場，正確的說，這是部落西南邊入口旁一處因爲廢耕而刻意荒蕪的空地，空地四周留有一些樹木，樹木之外有幾處已經完成疏苗的小米田。

這是彪馬社進行小米第一季疏苗拔草輪工換工的第四天。被排到最後輪工的主人，刻意留了一小塊的工作進度，讓所有婦女輕鬆與及時地，在今天上午最初的一小時之內把工作做完，以方便部落女巫帶著大家做完必要的除祟與祭祀，然後收存所有的工具，最後進行聚餐與餘興節目，當成是這一季小米疏苗的完工慶。

廣場上聚集了不少婦女小孩，多數婦女收拾完工具，各自從揹簍取出預先準備的點心食物，幾個人一組的聚集圈圍坐著，因此空地的範圍內這裡一團那裡一圈的，彼此閒聊開心大笑，有的已經開始唱起了歌謠，甚至彼此較勁。這三天執行疏苗工作的田地主人，也預備了些先前釀造的酒以及肉食，均量的分送給每一個圈圍的婦女們。部落男人們也沒閒著，從昨天起，已經分組上山採了些荖葉藤，準備分送給這些女人們當成犒賞品；青年們也有些被派到周邊草原設陷阱捕獵一些田鼠、雉雞準備今天爲女人們加菜。空地廣場，除了小孩嬉戲，婦女閒聊歌唱，青年們則被分派擔任勞役，各別處理荖藤與烹煮湯料，並分送到各個的婦女圈圈，大家忙碌充滿歡樂。

見到布昂等一行人前來，幾個彪馬社的漢子前往打招呼並接下他們帶來的禮物，幾個年輕婦女也上前來打招呼，羞得呂家望幾個漢子不知如何。

「你們來啦？」一個明亮的年輕女聲響起，「喂，布昂，你們都抬頭看看我們吧！今天別那麼拘束了。」

「哈，達達呀，這怎麼可以呢，這裡都是婦女，我們再怎樣也不應該隨便啊！」

「呸，我說了就算，除了我以外。那些未婚的都在那邊了！」達達指著稍遠處一群年輕女人的兩三個圈圈。

順著達達手指的方向，幾個呂家望的漢子無不利用短暫的時刻，放肆的注視著那些爲數不少的年輕未婚女生。

「你們都別拘束了，既然達達都邀請你們來了，你們就放開一點，我看，就到我那一群跟我們一起吧。」一個身形單薄的彪馬社漢子說。

「哎呀，葛拉勞，你這麼客氣，該是我們不好意思的，給你們添麻煩了！」見到彪馬社領導人林貴的兒子客氣的邀約，布昂也不好意思推拒了。

「布昂啊，你也別推辭啦，你就讓葛拉勞招待，順便要他幫你們其他人介紹姑娘認識，最好你們一起婚入我們這裡吧！」

「哈哈，那怎麼好意思呢？」

「別不好意思，難得來，難道你們心裡一點也沒那樣想嗎？」葛拉勞身旁一個壯碩的漢子說，他的話引起眾人大笑。

「爲你們介紹一下，這是三元，另一位是達達的妹妹也是我的妹妹蘇姑里家的男人金粟。歡迎你們來，都別客氣啊！」葛拉勞說，他又轉向達達說：「姊姊放心，他們幾個交給我，要是玩得不開心，妳拿我問罪。」

「好，葛拉勞，我先謝謝了，呂家望幾個人就交給你啦，我招呼其他人去！」

空地上，幾個圍坐的小團體接連的唱起了歌，競賽似的此起彼落，達達一會兒這裡一下子那裡的四處移轉交談，偶爾接唱搶歌。

達達比葛拉勞小四歲，基於拉赫拉氏族的領導地位，葛拉勞總是稱呼達達爲姊姊，達達糾正了幾年，但葛拉勞的父親林貴要求這麼稱呼，所以也就一直沒改過來，她也懶得再糾正。在彪馬社婦女群中，達達的身形並不算高，但較粗的骨架與略微圓扁的臉型，充分展現她得自於布農族父親的體型，加上個性的爽朗豪氣，親切與善體人意，反而使她受到多數婦女的歡迎。

空地外陸續加入了其他族人，也使得這一個工作結束後的慰勞與慶祝，呈現了節日喜慶的歡樂。成年人無論男女，都點燃起了自已菸斗的菸絲，原本量不多的釀酒，多半給了中年婦女們。沒有酒喝的幾個青年漢子開始接受邀約，陸續加入幾個未婚女性的團體中，使得原本輕亮柔磁的歌聲開始變得雄渾豐富，男聲與女聲交融，引得幾個上年紀的婦女也開心的在自己的位置上手舞足蹈。只見達達一下子張起雙臂揮舞著要大家張口大聲，一下子又轉移到呂家望幾個漢子與葛拉勞圍坐的地方，要那些漢子搶些歌聲，而布昂總趁機開達達的玩笑，惹來鄰座的幾個婦女多事的叫嚷：

「布昂啊，來我們這裡啦！我的女兒很漂亮又能幹，你來，我給你介紹啦！」

空地廣場上的多數人，在接連幾天的輪工換工之後，又經過今晨一開始連串的除祟巫儀，再加上小米疏苗前後帶有儀式性的歌謠「仿鳥鳴」，那種慢沉、離情的歌聲浸溶之後，現在所有人幾乎是要逃離那情境似的，放開心情的哼唱著、閒談著享用食物。

「輕鬆些啊，大家辛苦了幾天，今天就好好的唱歌，如果有人有什麼好玩的遊戲也可以提出來大家一起玩呀！」達達開心的大聲叫嚷著，引來幾個年長的婦女揮舞著手臂高聲附和。

空地現場忽然出現了一點變化。

最靠近部落的方向，那圍坐的兩三個圈圈，一群人受感染似地撇頭張望著部落的方向，聲音都降了下來，那個感染，漣漪似的擴散到整個空地。達達正想問怎麼回事，一個人情不自禁的喃喃聲音：「女王來了！」卻開始連結擴散。

她來幹什麼？達達心裡嘀咕著，疑惑的望著由部落進入這個空地的轉角。

只見左臉頰一道拇指粗的疤痕，配了刀的中年婦女撒米央，首先出現在由部落進入空地的入口，後頭兩個女侍，而八人抬的轎子跟著進場，西露姑正坐在轎子上，嘴角像綻放的花朵揚起，開心的環視著大家。

有人起了歌領頭哼唱，打破剛剛短暫的安靜，有人問女王好，稍微年長的有人喊著西露姑的名字。經過幾個呂家望漢子的座位，西露姑仍保持著笑容而眼神忽然發出精芒，令呂家望的漢子都低下頭迴避。

「撒米央，妳跟他們宣布一下吧！」轎子停駐後，西露姑說。

「是！」撒米央應了話，習慣性按了按佩刀後大聲說：「女王有交代，寶桑的張新才知道我們大家今年的『母嘎木特』[4]，是小姐達達主持的，所以特地選在今天大家餘興的時間裡，送來六大桶百朗的酒給大家喝，希望大家今天都能盡興，明天以後更努力工作。」

撒米央的話甫說完，空地爆出一陣陣歡呼。

百朗的酒，指的是漢人製的米酒，那清清淡淡、沒有雜質的水酒樣態，比部落釀造米酒更吸引人；在不流行貨幣的台東平原，那可是要以一整麻袋的地瓜，或者半袋的小米，才能換得兩個葫蘆量的昂貴酒類，是極少數人能品嚐的酒品。這一回，張新才因爲達達的關係卻大方的送來六桶，兼顧了六大氏族，也爲達達做足了面子，平常有機會就喝酒的人高興極了，輩分低平時分配不到喝酒，又苦無酒類可嘗試的青年們也躍躍欲試。謝謝小姐達達、謝謝女王的呼喊聲此起彼落。

達達表情可有些彆扭了，嘴角仍維持上揚的姿態，臉色卻稍稍沉了沉的望向西露姑，又瞥過眼角看了一眼布昂，然後順著眾人的眼神轉向空地入口。十幾個部落青年，兩人一組的抬著陶製酒罈走進，張新才正哈哈笑著跟在後方，還不時出聲要抬酒青年小心別碰破了酒罈。

「女王啊！這些酒是卑南街最新的稻米酒，前天從打狗船運送來的，知道小姐主持今年三月的祭儀，所以我要他們把酒留下來了，心想今天就當成是給小姐的見面禮。」張新才堆起笑容說。

「眞是謝謝你費心了，昨日老爺跟我說了這件事，我還不知道怎麼好好的謝謝你呢！」西露姑說著，轉頭看了看達達正輕皺著眉看著幾罈酒，「達達呀，妳謝謝人家張先生吧！」

「喔！」達達輕聲應了一句，隨即撇頭看了一眼張新才說：「眞是謝謝你！」

這可讓張新才開咧著嘴開心的笑著。其實，達達並不是眞的討厭張新才，只因爲陳安生與西露姑前一次的對話中，擺明了要達達招張新才過門，引起她的排斥反抗。不說張新才典型漢人移民瘦弱的外型，光是年紀也大上十幾歲，沒有與她商量，便硬是要塞給她這麼一個人，心高氣傲的達達心理上的厭惡與抗拒可想而知。但現在看來，西露姑的態度已經很明顯，這一次藉口她主持小米疏苗除草祭儀，目的就是要正式介紹張新才與她認識，這讓達達不得不壓下脾氣，顧及禮儀而和顏悅色面對張新才，心想剛好也藉此好好觀察這個逐漸取代陳安生的漢人通事，究竟有什麼可笑之處。

---

4 彪馬社小米疏苗除草祭儀的正式名稱。

想起可笑之處，達達想起了布昂，她撇過頭發現布昂也正不斷打量張新才。哼，過幾天，布昂應該會編出一堆關於張新才的笑話吧！達達這麼想著，心裡忽然覺得開心起來了。

她臉上轉為笑容，走到其中一個酒罈，拔起腰間的匕首挑開封口，此舉引起眾人「喔！」的叫嚷著，大家專注著看著達達反手拿起席間的一個陶碗，伸手杓起一整碗的酒，然後仰頭往嘴裡送。全場都靜了下來。

「好！這酒好喝！葛拉勞，你來嚐嚐，幫我把酒分給大家啊！」達達說，而她的話引來眾人交聲議論的期待。

歌聲又開始蔓延，達達卻在幾回歌聲轉換中悄然離開。

□

「妳這就不對了，要離開也不打聲招呼，怎麼？不高興啊？」

「妳要來，要找誰一起來，我沒意見，難道不能事先打個招呼啊！」

「咦？妳這是什麼話？我是妳的伊娜[5]，怎麼說也是彪馬社的女王，到這番社任何地方巡視是天經地義的事，難不成要我向妳報告？規矩可以這樣啊？」

西露姑才抽完一管鴉片煙，精神好轉地走出吸煙房進到院子，恰好達達正紅著臉，帶些酒氣的喝著一個女侍端來的一瓢水。西露姑想起上午達達的無故失蹤，她決定刺探行蹤，嚷起聲音首先開口，惹得達達不高興。

「不是嘛！妳帶個百朗來，衝著我送禮，妳是要我接受還是當場拒絕？我接受妳的好意，是表明了答應妳硬塞給我的親事嗎？難道妳不怕我當場發怒拒絕呀？」

「呵呵……達達啊，妳又不是小孩子，妳比番社任何一個年輕人都識大體，妳怎麼可能那樣子失禮？」西露姑忽然點燃菸斗的菸絲，微笑的看著達達。

「就是因爲這樣子，所以妳每一次都可以不問問我的意思，隨便照妳自己的意思那樣做？我告訴妳，我不舒服。」

「好好好，今天的事的確是我的不對，這一點我向妳道歉。但妳可得替我想一想啊。」西露姑說著，神情忽然落寞下來，抬起眼皮看了達達，說：「當個伊娜，我當然知道妳的感受啊，可是作爲拉赫拉氏族的長女，我們又能有什麼選擇？我們不是一般的家族女子，年紀大了可以自己到巴拉冠選擇一個男人一起成立一個家庭，照自己的意思養孩子，照自己的意思過生活。」

「爲什麼不行？」

「因爲我們是彪馬社的領導家系，拉赫拉氏族的女人。」

「又來了！我才二十二呢！」

「這些事我說了許多回，老爺也說了不下數十回，我相信這些年來即使我不說，妳也看得出來這件事的必要性。況且二十二歲，番社的女人哪個不是在這個年紀，手裡牽一個懷裡抱一個的？連妳妹妹也都抱了兩個，再不找個男人回家，別人可要背後說我偏心不關心，妳不在乎，當伊娜的我怎麼受得了啊？」西露姑持著菸斗的手已經垂軟在腿上，菸鍋上依舊燃著菸，卻久久沒再送進口裡，她看著達達，繼續說：

「我的曾祖父卑拿來沒生下兒子，由奶奶希洛谷接任領導人開始，我們拉赫拉氏族女人的命運便定了下來，作爲長女，我們必須肩挑氏族的興亡責任。」

達達嘆了口氣，她實在不想回答這樣的話題。

「達達呀？別怪伊娜狠心、自私，剝奪妳對男女之間情愛的追求。」西露姑停了停，眼神忽然變得溫柔，而眼光已經飄得老遠，「唉，愛情，那可眞是一件美麗又教人神往的經驗啊！」

達達注視著西露姑，覺得無趣卻不忍心打斷她。

「我跟妳的父親安賽，還眞有過一段令人難以忘懷的經歷。當時番社的人都羨慕我的眼光以及運氣。」

達達撇過頭望向腳邊一隻安靜聽著說話的黃犬，沒再多看一眼她母親西露姑，然後目光飄向院子外遠處檳榔樹梢，看著那些想趕在黃昏入夜前多吃些蚊蚋而飛進飛出的蝙蝠；耳朵任由西露姑的聲音像院子口左側隔著小徑外，那棵榕樹枝葉叢內，那群吵著誰先占了好位置，誰該在哪一根枝椏睡覺的麻雀聲音，窸窸窣窣、吱吱喳喳的流洩著她已經聽了不知多少回的，關於她父親安賽與母親西露姑結婚初期的愛戀甜蜜。

說完她定然又再提氏族、部落這些煩人的事，達達心裡想著。

達達不是不清楚她母親說的，關於氏族、責任這些事。

上午她從小米疏苗除草完工的慶功宴中悄悄離去，也是因爲她喝上了幾口清澈如水的米酒，心事翻騰湧起。她離開廣場空地，然後沿著大巴六九溪往上溯不遠的距離，選擇一處聽得到眾人喧譁的一塊大石頭上坐著想著心事掉淚。

能有一個像布昂那樣的男人多好？每天可以有人在身旁說些好笑的事開懷著。能有一個尋常部落的男人多好，像妹妹蘇里姑一樣，起碼不必每天忙著處理部落或其他雜事，可以一起下田或者陪著到野外打獵，一起平凡的生孩子哼唱搖籃曲，製作玩具或者當小孩的玩具，一起照顧或偶爾爲教育孩子爭吵，就像她的生父安賽那樣。

達達是流著淚想著這些事，因爲她也不確定她的生父是不是這個樣子的好丈夫、好父親。她只記得她父親離開家時，母親西露姑是坐在屋子內寒著臉色，沒多說什麼。她自己也不敢移動，以爲父親被母親趕離開家是因爲自己常常黏著父親，惹怒了母親西露姑，所以休掉父親。她受驚嚇的只敢在座位上像個陌生人，注視著父親連頭也沒回看一眼的走出院子離開。那一年她才十歲，後來父親在隨後的天花流行時期過世之後，她才斷斷續續聽母親西露姑提起過去與父親的甜蜜時光。

繼父陳安生不是不好，作爲比彪馬社領導人更具影響力的身分，他總是迎接招待一些大人物，與調解卑南街那些漢人移民的許多雜事。雖然他總是語氣溫煦的跟小孩們說話，也經常從卑南街上帶來一些新鮮玩具與好吃的糖果，但總覺得就是隔了一層親密。達達從沒有在他面前撒過嬌、耍過賴，甚至開懷笑過。那股以爲自己太黏太親近隨興，所以害父親被休離驅逐的罪惡感，自小就壓得她總是乖乖挨在陳安生旁，保持必要的距離與生份。那些關於好丈夫與好父親的想像，都是她成長經歷中觀察同年齡小孩的家庭的印象，她嚮往那樣的家庭關係。正因爲嚮往、期待，又明知不可能所以更加的傷心與絕望。她異常的清楚，以拉赫拉氏族的現況，她別無選擇的必須與她妹妹不同，而去選擇一個強有力的人進入家族，鞏固氏族的掌控權。不過清楚歸清楚，她自己情感的現實需要還是讓她萬分掙扎，這一掙扎以及無適當的人選，使她蹉跎到了二十二歲。

可以不要嗎？

不行！

達達自問自答，又伴隨著一長串的淚水。

呸！這是酒精作祟吧！達達朝著溪水吐了口痰，自己笑自己。

「這個張新才應該不是壞人吧？」她自言自語的輕聲喃喃。

達達一邊想著哭著，最後歪著身子斜躺在大石上睡著了，陰沉厚重的雲層遮蔽了一天，倒也讓她舒適涼意的睡了個好覺，回到家裡已經是下午的時間，酒醒了還留有兩分醉意。

「我在跟妳說話，妳有沒有在聽啊？」西露姑已經重新填上了一鍋菸，一邊點火邊對著失神的達達問話。

「給我一點菸絲吧，我懶得進去拿了！」達達從腰際取出自己的菸斗，那是一個長約一尺，菸鍋外纏掛著一環銀鏈，她向西露姑要了菸絲，語氣平淡。

「妳認為張新才這個人好嗎？」達達點燃了菸絲隨口問了問。

她體悟到陳安生與西露姑兩人認定張新才是目前，或者是未來整個台東平原漢人勢力與官府之間的核心，將張新才融入拉赫拉氏的領導體系，絕對有助於鞏固氏族以及彪馬社在平原的影響力，而達達自己便是部落與漢人、官府之間的連結。她不可能拒絕或逃避得了。

「唉，ㄚ頭啊，想找個男人一起過平常日子，就找個部落的人，或者找個妳喜歡的，管他是那個部落的男人一起過生活，應該都比百朗好一些吧！」西露姑吸了口菸說，

「但是……」

「但是，我不能光顧著自己過日子快活。」達達面無表情的說。

「對不起啊，女兒，我們別無選擇。現在已經不是祖奶奶的時代，那時候還沒有官

府，也沒有這些百朗，各個氏族大致還同一條心，全卑南覓周邊的部落還都可以完全掌握在手裡。現在，官府越來越強，我們自己彪馬社內部其他氏族也漸漸要劃清他們的勢力，拉赫拉氏自嘎拉賽、比拿來以下，所傳續的實際領導權脈絡遲早要旁落到別家的。這種狀況，就算再怎麼通婚聯姻，也沒有自己牢牢掌握來得眞實。」西露姑喘了一口氣，繼續說：

「這些年，我過得不踏實，番社的實質權力，幾乎已經要全數落在林貴手上，雖然老爺的影響力還是讓其他氏族族長支持我，但我知道那是不同的。」

「如果是那樣，妳還要我延續妳的方式，討一個百朗進門？」達達忽然瞪了西露姑一眼，口氣揚了起來。

「唉，即便不踏實，氏族的興衰還是在我肩上啊，我不可能因此就完全放棄啊，更何況，現在百朗的影響力越來越強大，掌握住了這些，還是能掌握番社其他氏族的動向，這個，可沒改變啊。」

「討個男人過門需要這麼多算計啊？」

「別人不需要，妳必須要！」西露姑猛吸了兩大口菸，然後忽然決定不再吸菸了，敲了敲菸鍋清出未燃燒完全的菸絲，又取了一個竹籤清理菸鍋口。

「哎呀，都跟妳說了這麼多話了，丫頭。老實說，妳討張新才過門，我也不知道究竟能不能凡事如我的願，畢竟現在的局勢變化得大，未來的事誰又拿得準呢？這官府的事，這些百朗的世界遠遠的超過了我的想像啊。」西露姑伸手撫了撫達達黑色包巾外的黑髮說：

「說別的就遠了，就現實的考量吧，起碼在我兩眼一閉去見老祖宗前，我可以確定祖先的田產還能保留著，妳和弟弟妹妹不必為了布料穀物傷神，那樣子妳嫁給張新才的意思也就到了。」

西露姑坐著伸了個懶腰，達達也不再接話。

廚房傳來了一些準備飯食而廚具輕微的碰撞聲響，原來在腳邊安靜聽母女兩人談話的狗兒，也紛紛擠向靠近院子口的位置玩耍撲咬，遠處幾戶人家的炊煙陸續升起。達達知道大廳內一直沒吭氣的陳安生，正全力張著耳朵聽她們母女說話。

也就這樣子了吧！達達心裡做成了些決定，一絲無奈與無力感正悄悄的泛起。她想起了白天從呂家望來的布昂，猜測著他會對張新才編了些什麼特別的笑話，忍不住心裡笑了。

六月底，張新才為達達建造的漢式新屋落成，七月的祭儀結束後，達達招了張新才過門，喜宴連開兩天，不僅其他部落都派人來，寶桑的漢人移民也來了不少人，在卑南覓平原從未出現過的原漢聯姻型態，在彪馬社展演。

達達醉了三天三夜。

第四章

薙髮事件

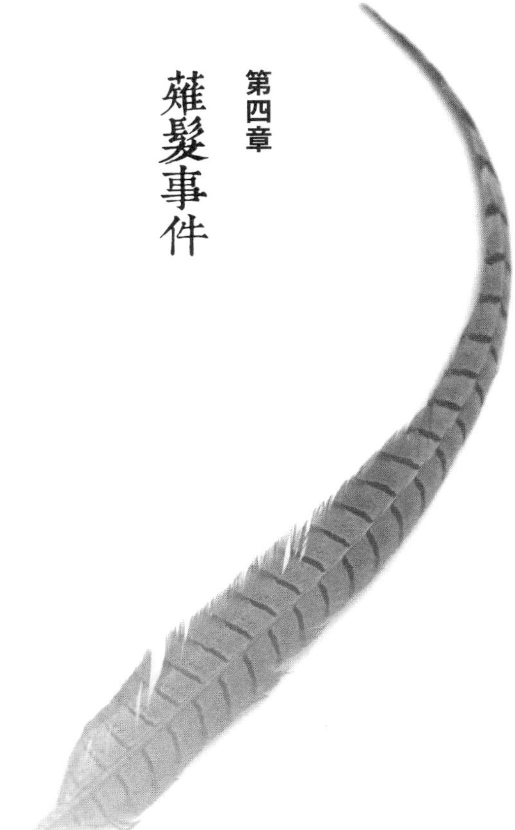

彪馬社出現了一些不尋常的氛圍。勞役級的青少年無預警的正配著刀，打著赤膊著短裙，來回穿梭在整個南北部落的巷道中，傳達著領導人林貴的命令，要各氏族的族長，以及各巴拉冠男子會所實際負責戰士調度的壯年領導人，到拉赫拉氏族位在舊部落南邊入口附近的巴拉冠召開會議。幾條聯外的小徑，也出現了佩長刀帶長矛的巡查小組走動警戒著。一時之間，整個彪馬社騷動起來了。

青年漢子們，不待命令的自行配著刀往巴拉冠移動，原先散布在部落周邊農作田的男男女女，也都主動收拾了農具回到家裡等候消息。耐不住好奇心的男人紛紛走出屋子往拉赫拉氏巴拉冠廣場移動，準備聽取一些及時的訊息。

這是一八八七年（光緒十三年）三月二十八日的下午，上午霏霏綿綿的下過一些雨，雨停了的彪馬社還散漫著濕意與青綠，部落外的灰晦天空對應著部落內人員來回走動與傳遞訊息的不安氣息，惹得部落內外的犬隻連遍的嗚嗚著。

「怎麼回事？」西露姑在吸煙房衰弱的正想點火燒鴉片煙，警覺到有些不尋常，自言自語的說。目光穿過窗櫺，她注意到一個青年正向陳安生說明什麼事，而陳安生隨後走向吸煙房，行進間還不時以衣袖擦拭鼻水。

「怎麼回事？」西露姑異常虛弱的問。

「嗯，事情不尋常啊！」陳安生一屁股坐了上了煙床，「林貴正在招集所有氏族的族長，幾個巴拉冠的領導人也被招了去。」

「巴拉冠的萬沙浪領導人也去了？要準備打仗了嗎？誰跟誰啊？難道是呂家望？」西露姑聲音稍稍揚起。

「不知道，那個傳令的小孩也不是十分清楚當前的狀況。」

「好吧，我們別急，先好好抽個大煙，待會兒做成決定，他們自然會來這兒商議。」西露姑儘管疑惑，但長年的女王位階，讓她心頭很快的沉穩了下來，燃起了鴉片，閉起了眼睛思索。

如果是呂家望，這回是什麼道理？這跟彪馬社有什麼關係啊？天花瘟疫才過兩年，人口也沒增長多少，這要眞打起仗來，又要死多少人啊？這一季的小米才除完草疏過苗，這仗要打起來，會不會造成明年糧食短缺？西露姑胡亂的想著，鴉片唏哩呼嚕的一抽一緩。

陳安生瞥過一眼，見西露姑一下子皺眉，一下子又咧著嘴，經過了吸完一菸鍋鴉片的時間，他開口問：

「妳怎麼不說話？」

「老爺啊，你說，這跟官府有關係嗎？這個節骨眼的，張新才不是也該來走一走嗎？」

「嗯，目前看不出來跟官府有直接關係，不過他是該來走動走動報告眼前官府的意圖的！」

正疑惑著，院子門口出現了喧譁，一個勞役進煙房來報告情況。待陳安生與西露姑整裝進入第一進大廳，張新才與達達已經等著那兒。

「怎麼回事？」西露姑問。

「這幾天官府飭令縱谷地區幾個番社嚴格執行薙髮令，被呂家望得知，結果他們派了一支人馬去威嚇，嚇得那幾個番社不敢薙髮，官府得知震怒。決定近日派兵進入呂家望附近，要呂家望說清楚。」張新才說。

「這個呂家望，還眞強悍啊！」西露姑說，語氣出現了一點贊許。

「咦？妳不是討厭呂家望嗎？怎麼這件事……看起來妳好像欣賞呂家望？」陳安生睜起了眼睛說。

「我的確是討厭呂家望，但是一個番社偶爾也該挺起胸膛跟官府表達態度，況且，他們不這麼做，縱谷地區的番社一定看不起他們，以後可有得吵了。」

「我不懂了，西露姑啊，當年官府開山撫番進到卑南覓，希望我們薙髮，你們可是率先響應啊，連帶影響其他平原的番社一起跟著薙髮，怎麼呂家望不薙髮妳倒讚賞起來了。」陳安生瘦削的臉頰因皺眉牽扯了幾條皺紋而顯得更乾瘦。

「老爺啊，說起做生意、開田闢地賺錢、勾結官府你們百朗可都是精明得像獼猴，哪裡有好處哪裡鑽，說起族群關係應該有的道義，你們就不當一回事。」西露姑嚥了嚥口水繼續說：

「別忘了，我的曾祖父可是進了紫禁城見了你們皇帝老爺，受賞六品頂戴的。當年迎接官府，我們可是把你們百朗的官員當成自己人表達親和的意思啊。薙髮不是什麼讓人心裡舒坦的事，但是我們還是要表達善意啊，畢竟是自家人。誰知道後來跟著官府，跟著你們百朗一起過生活，我們都要忘了自己是什麼人了，番人嘛，還是要有自己的氣味，番社嘛，總要有自己的風格。再說，不管呂家望怎麼樣，他們總是跟我們同文化同語言的啊。」

「唉，看妳說的，好像受了多大委屈，先不說妳家老祖宗跟朝廷關係，別忘了你們接連三代的女人都嫁了我們百朗，這番社跟漢人往來通婚的也越來越多，就算現在大家六親不認要連根都刨了，你們也不可能跟漢人脫清關係的。」陳安生看看西露姑又看看張新才夫婦語氣平淡的說。

「我不是抱怨有意見，我們也不可能改變現況，就只是說說罷了！呂家望要跟官府抗爭我沒意見，但我要知道對彪馬社有沒有影響。哎呀，你看看，我們光顧著說話，把新才給冷落了。新才啊，你說說看現在的情況吧！」

「喔，對了，女王、老爺！現在的狀況是，同知[1]以及統領[2]的意思，也是表達卑南王受朝廷賞賜六品頂戴，怎麼說都是朝廷倚賴的功臣社稷，希望彪馬社能發揮影響

1 南路撫民理番同知，清朝尚未設置臺東直隸州前的最高行政首領。
2 卑南覓平原最高軍事指揮官。

力，讓其他部落保持中立，若能勸呂家望改變態度當然是最好不過了。明天清兵會往呂家望移動布陣，怕驚動大家，所以要我先過來跟大家打招呼。中午我先去見了林貴，讓他心裡有準備提前規畫。女王這邊，我現在就是來向您報告，等候指示。」張新才說。

「來呀，你們誰給我點個菸來！」西露姑朝門後喊了女侍，「我看，我們邊抽菸邊聊，趁著林貴帶其他氏族族長來以前把狀況弄清楚。」

「新才啊！你看張統領會不會眞的動武？」陳安生說。

「不清楚，昨天到卑南廳，聽取官府準備調動兵力的訊息，還指示我們幾個跟呂家望相熟的通事們勸喻呂家望。」

「看來官府是不想動兵，但似乎也不想讓這事情不了了之，這一回調動兵力就是要逼呂家望以及所屬的其他番社聯盟薙髮。我們得盡力防著發生意外，避免事情演變到刀槍相見。」陳安生呼出了一口煙說。

「所以，官府要我們這些通事好好的勸勸呂家望啊。」張新才說。

「看來，官府日後只會越來越加強對番社的控制了。」西露姑忽然愁著眉繼續說：「新才啊，明天你會到呂家望是吧？」

「是的，女王！我們得盡量勸呂家望別眞動手了，眞要打起來，我們恐怕也很難不受影響啊。縱谷地區的田產才整理完，眼看第一季稻田才剛要結穗，這要眞打起來難保不受到波及。」

「好，明天你讓達達乘著我的轎子跟著一起去。」

「我跟著去？我跟去幹什麼？」一直沒說話的達達沉聲說道。

陳安生沒等西露姑回應，忽然笑著說：「嗯，好啊，這樣好啊！哈哈……這樣好。一方面代表拉赫拉氏族關心這件事，讓呂家望稍稍緩和一下，另一方面也宣示女王有傳承的意思，及早建立達達的威望。這樣的安排好啊！沒想到鴉片煙抽了這麼久，西露姑妳的腦袋還這麼清楚。」陳安生肯定西露姑的安排是一著好棋，連說幾個好。

「呸，我是卑南覓，這個平原的女王，真要糊塗到底，我們早就滅亡了。」

「我真要去嗎……」

達達話還沒說完，院子外雜遝聲起，幾個勞役級的青少年跑來報訊說，領導人林貴以及其他氏族族長已經在走來的路上。

「嗯，那就接客吧！」西露姑菸斗沒離嘴的說。

所有府裡的勞役以及報訊的青少年沒等招呼，各自動手將院子布置成一個會議場，等所有人進場坐定。

「姊姊呀，真是不好意思，這個時候帶著各氏族主要的領導人來吵妳，希望沒打擾您的休息。」林貴走進自己的位置，先學著漢人抱拳說話。

「這是什麼話呢？坐吧，大家都坐下來吧！」西露姑連忙回禮然後率先坐下。

這是彪馬社進入「西露姑─林貴」領導體制後，一貫處理涉及外交、征戰等社務大事的會議形式。通常由彪馬社名義上的領導人林貴在男子會所招開氏族會議，決定可行的方案，然後再移師到女王西露姑的「王府」作彙報，參酌女王與老爺陳安生的意見後，修正與拍板決定，然後責成林貴全權指揮調度。

這個議會形式的雛形是彪馬社第十九代女頭目希洛谷所設計，是基於女性不得進入部落任何一座「巴拉冠」的鐵律，女頭目希洛谷雖然以強勢專擅聞名，也無意打破這個規矩。然而到了西露姑時代，彪馬社已經作了改變，恢復到以男性爲頭目的體制，但這個會議形式依舊維持著。林貴只稍稍作了修正而成爲現在形式。除了尊重拉赫拉氏族的領導地位，以及西露姑實際的領導威望，一方面也是因爲西露姑的漢人夫婿陳安生依規定不能進入巴拉冠參與會議，卻往往能提供具建設性、開放性的有效意見，加上他實際涉外的能力與所需資源支援的能力，而形成這樣的議事制度。麻煩歸麻煩，但是保全了西露姑的顏面增進和諧，也成功整合了陳安生爲核心的漢人勢力。

會議場根據彪馬社南北的六個氏族分布狀態，以西露姑爲核心，面向東面坐在一張有靠背扶手的實木椅；東面正坐著林貴，左側爲北部落三個氏族族長，右側是南部落的三個氏族族長，各氏族巴拉冠實際調度戰士的青年領導人則在各氏族族長後方，假若各氏族具威望的長老也跟著來，則坐在族長後方，各巴拉冠青年領導人前面。陳安生通常坐在西露姑左側，今天張新才與達達跟著在場，則被指派坐在西露姑與陳安生側後方。西露姑的意圖異常明顯，就是要及早確立達達的地位，同時宣示張新才已經是「王府」

的重要成員。參與會議的各氏族人員似乎也沒啥意見，幾個族長還向達達、張新才微笑點頭示意。

會議首先由張新才以部落通事的身分報告官府的幾個做法，以及希望彪馬社採取的態度與做法，再由林貴提出他們在巴拉冠的決議。

會議沒進行太久，便順利產生決議，採取的基本方針是：「保持關切，不實質介入」，相關人員調度也一併作了交代：

一、清軍向呂家望調度時，北部落「巴沙拉特」巴拉冠戰士留駐部落，擔負整個彪馬社北、東面的警戒。其餘五個氏族的戰士，全副武裝，由彪馬社領導人林貴指揮，在大巴六九溪北岸列隊「歡送」清軍，爲清軍「助威」，清軍撤兵時，採取相同部署。

二、由葛拉勞率幾名隨從，經由「檳榔樹格」[3]、「大巴六九新社」[4]，先於清軍部署前，進入呂家望，代表彪馬社領導人林貴，表達關心與備詢。

三、由達達代表女王西露姑隨通事配合清軍調度行動，進入呂家望宣慰，勸誘呂家望採取平和手段。

會議結束，離開女王王府，達達跟張新才說：

3 今之下賓朗社區。
4 今之卑南鄉太平國小附近。

「你給我找個小一點的轎子來！」

「什麼？」

「我不坐女王那個八人抬轎。」

「可是女王這麼交代著。」

「咦？你覺得我適合坐嗎？」達達撇頭問。

「嗯，沒什麼不適合，可是又覺得不妥。」

「唉啊，老爺，你一把年紀走闖南北的，不至於分不清楚這事情的輕重吧？」

「呵呵……女王交代的，意思是要讓清軍、呂家望有所顧忌，這確實沒什麼不可以。但是女王還在世，大剌剌的坐著她的八人大轎，又踰越儀禮，對官府的統領與同知兩位大人，不恭敬啊，這……不妥。」張新才輕聲的說。

「明天是到呂家望，路遠又路小，必要時我自己走著去、跑著去都成，轎子能不坐就不坐，那要頭暈叫人作嘔的。既然女王交代了，自然有她的道理，但是坐上了那轎子，讓別的番社族人看見了，嘴裡不說，私下可要非議我不懂事、僭越。至於官府那個恭不恭敬的，我不懂，我也不在乎。總之啊，轎子不適合我，非要我坐轎子，你就弄個小的來。」

「呵呵……我的娘子，就照妳的意思吧。」

「娘子？呸！我可不是你們百朗，嫁到你家當奴才。就算我尊敬你，在家學著我母親老爺長老爺短的叫，但是人前人後你得給我拿捏清楚，可別在我的族人面前叫我娘子啊，我會跟你沒完沒了的。」

「呵呵……好的，達達，我的女王，我的娘子！」

「呸，你油腔滑調的不正經。」

「好了，都到家了，也別鬥嘴了叫那些下人看笑話。明天將去呂家望走走，我們準備些見面禮物吧。」張新才收起了笑臉，自然的從達達的左後方移到右前方領著達達走進自家院子。

翌日。張新才、達達夫婦分乘兩頂轎子在一處名爲「達德呼蘭」[5]的警戒哨站與行軍的清軍會面，向卑南廳同知歐陽駿、統領張兆連介紹達達後，繼續朝西向呂家望前進。

隊伍一路向西，清兵嬉戲著、拖拉迤邐著，這裡一群，幾步以外又有兩三個一掛；扛著槍、提著槍甚至還不時的以槍當枴杖拄的，人員衣衫不整的，衣襟胸扣解開的，捲起袖口的，領口斑黑、前襟醬染油漬的，袖口烏黑的，才走兩里路便搶著休息抽菸、嬉笑。彷若是一群大街的無賴流氓，被分配了槍枝所組成的一批隊伍，看在張新才眼裡稍

5 今台東大潤發倉儲。

稍驚訝與意外。他擔任番社通事，進出官府次數頻繁，沒眞正看見一整列軍人同時出現，特別是武裝行軍的軍人。按理說官府從西部招募士兵到卑南廳，來者本來多是單身羅漢腳，或者流氓無賴漢，這樣的情形本不該感到意外的。問題是，張新才見識過無數次彪馬社巴拉冠的漢子群聚聽訓，或者敏捷的集體行動，那種進退節制與紀律。張新才的驚訝，是因爲他從未眞正的注意過這兩者之間的差異。

怪不得彪馬社、呂家望這些番社戰士並不把官府放在眼裡。張新才心裡這麼想，卻又暗暗擔心這一回呂家望會堅持反抗官府，拒絕薙髮而擴大紛爭，他忍不住往前張望轎上達達上下左右輕晃的背影。

張新才是自己乘坐兩人抬的無頂轎，走在軍隊前方，另外安排達達乘坐四人有頂的，鏤刻著圖紋的木轎在他前方，緊跟在歐陽同知大人軟轎以及張統領坐騎的棕色馬匹，以及安全侍衛集團之後。整個隊伍沒有武裝行軍奔赴戰場的感覺，卻像是去提親一般的輕鬆熱鬧。他注視著轎上的達達，心裡感到十分的滿意。

方才，介紹達達與兩位大人時，達達沒有改變她在無語時，一貫的冷漠表情，沒有眨瞬目光，眼神沒有迴避的分別緊盯著兩位大人，只輕輕的點頭示意，無語。張新才卻注意到兩位大人先後出現眼神上的慌亂，這說明達達並不畏懼官府這些大人的官威，且兩位官員對達達也無輕慢之心。

這是因爲達達出身「卑南王」世家所培育的泱泱風範所致吧？張新才心想，但不論如何，這給了他無比的鼓勵，覺得自己需要學習陳安生那樣包裝西露姑，他也應該好好的妝點達達，讓她由裡到外都是個名實相符的女王。那樣，自己也將會是繼鄭尚、陳安生之後官府眼裡的「番目」，成爲另一個握有實權的「卑南王」，而不再僅僅是一個通事的身分。思念及此，張新才遠望著呂家望後方的山稜線，忽然想起縱谷那一整片新開發的田產，那肥沃的土地與充沛的水氣，忍不住咧嘴笑了，笑得極細聲、極壓抑、極詭異。

隊伍在抵達呂家望部落下緣時，張新才與達達便與清軍分開，一前一後進入呂家望，與昨夜便來到的葛拉勞等人在呂家望的巴拉冠碰頭。呂家望的部落領導人因應達達的到來，今晨特別選定在巴拉冠建築外的廣場，幾棵大樹樹蔭下設起了議事的席位。

會晤的時間沒有持續太久，張新才除傳達官府的意思，也提醒呂家望的領導人，目前縱谷地區的各部落，正不斷的忍受當地官員的剝削，卻只敢私下埋怨不據理力爭，所以沒有開戰的能力與意願，到時只會剩下呂家望自己獨立面對官府的圍剿。呂家望方面礙於達達的面子，沒有直接反駁張新才的話，直到張陳夫婦兩人簡單的用過中餐離開後，幾個氏族的領導人仍然強硬的表示希望與官府做個抗衡，爲縱谷地區的其他部落做個示範。

張新才與達達才離開呂家望外圍的刺竹林，就看見清兵相關的後勤輜重似乎都陸續抵達就位，上午行軍而來的清軍已經搭起了一列列的帳棚，一百多枝的毛瑟槍以及連發的溫徹斯特步槍，被刻意的排列在呂家望可以看得見的空地上，顯然官府是要展現官威的意志，逼呂家望在「薙髮」這一件事上表態。

張新才越想越覺得事情不安，心想恐怕一個不小心要引發大亂了，一路無語，回了家進了門也緊鎖著眉頭。

「老爺啊！什麼事讓你這麼煩？看你進了門不吭氣的，你是覺得呂家望準備反抗到底？」達達問。

「嗯，他們礙於妳的面子讓我把話說完，幾回的對談也不反駁我，但我看得出來他們內部的幾個大老們是有別的想法的。」

「那這個樣子，呂家望是要來硬的？官府的一百多人，怎麼可能擋得住呂家望的戰士。」

「嗯，真想不到啊，呂家望的戰士排排站，那氣勢與殺機真叫人害怕啊！」張新才停了停，不自覺的往腰間摸索拿起菸斗，繼續說：「特別是長髮在肩上飄動時，那些結實的背膀、直挺的背更加的被凸顯，怪不得他們不願薙髮。」

「你應該說，怪不得官府要所有人薙髮，要好好的一個人，把頭剃成瓜皮，綁個尾巴在後頭，怎麼看都像個小窩囊廢豬尾巴。不過，話又說回來了，你去談事情，怎麼像是去物色姑娘一樣的，看這些男人的身體看得這麼仔細，怎麼？你對男人有興趣啊？」

達達忽然睨著眼看著張新才轉變話題。

「啐！我好好的，對男人會有什麼興趣？難道妳不覺得呂家望的戰士此刻已經遠遠的把彪馬社的戰士比了下去？」張新才燃起了菸。

「唉，他們一心想要反抗官府，戰士自然就戰鬥性強，我們番社好不容易才又躲過天花瘟疫，儲糧生育都來不及了，沒事找官府的麻煩幹什麼？你們這些幹通事的難道會讓這些事情發生？」達達說著說著也從矮桌上取了檳榔處理，送進口咀嚼。

「沒事幹嘛要打仗的？賺錢營生，買房置產把一個家族好好的建立起來不是很好？你們番人不懂，總以爲打仗這種事，就是把對方殺了事情就結束了，根本不知道打仗後面那些的牽扯與影響。現在呂家望面對的是官府，那是一整個台灣或者整個大清朝廷當後盾的力量，一個弄不好那要亡族的。」

「我聽老爺跟伊娜說過幾回，官府眞是那樣啊？」

「我說的還是客氣呢，我們漢人沒別的本事，翻臉殺人可從來不手軟。殺光你的戰士還算好事，一發狠下來，是要你整家族整個番社賠進來還不見得肯罷手的。別說你們，就算是漢人的庄頭彼此相殺的還少得了啊，更別提跟官府作對了，衙門眞要發起狠來，有時眞的會殺得一個不剩。」

「照你說的，你們這麼殘忍，誰會願意跟你們爲鄰啊？要這些官府幹什麼？」

「這也沒辦法啊，妳看看我們寶桑街這些人，幾乎都是在西部沒什麼祖產家業的，能好好的在家鄉過生活，誰願意離鄉背井翻過山脈往卑南覓這裡討生活啊？都要生存，我們還能選擇跟誰做鄰居啊？現實的生存環境就是這樣，我們或者你們番社都是這樣，誰有本事誰就掌握這一切，弄不好彼此打起來，官府當然說要介入就介入的。這樣一來，我們彼此相殺就會死人，官府介入也要死人，要說這是殘忍，這也沒辦法的事啊。」

張新才吸了口菸，又吐出長長的煙。繼續說：

「達達呀，幸好你們還夠強，呂家望也強，所以官府有所顧忌，沒要你們多繳糧納稅，官員也不敢亂來。要像縱谷那裡的番社那樣的弱小，隨便一個撫墾署的小官吏就要爲所欲爲了，百姓賺不到錢，又要應付這些官員，遲早要出亂子的。」

「我聽混了，你是擔心呂家望發起戰爭，又讚賞他們強大，你到底想什麼？」

「我想什麼？我當然是希望地方一切平安，大家有機會闢田增產累積財富，希望呂家望要強，強到可以維持一個地區的安定，但也別強過頭引起戰爭殺戮啊。最好像你們彪馬社一樣，跟官府合作，也給我們這些漢人機會。這前後說起來，不過就是薙髮這種小事嗎？妳想想看，萬一眞打起來，出了人命有什麼意義？還有，我們在大波池、大埔那一代的田產怎麼辦？那些稻子都已經結穗，下個月就要收割了，這仗，可千萬打不得啊。」

達達緩慢的咀嚼著檳榔，然後嚥了一口汁，沒立刻接話。張新才說的事，她從繼父陳安生那兒聽過很多回，這層道理她不是不知道。她可以同意與官府合作的想法，但不贊同部落過度的跟隨著漢人的習俗，部落一些長者也未必見得都完全接受漢人的想法。

畢竟，漢人是漢人，他們冒著生命危險從台灣西部移民而來，找的是可以落地生根的一方水土；腦袋想的不是攢錢就是賺大錢，人人貪婪著擁有土地開墾土地，甚至彼此爭奪、坑殺對方毫不手軟；沒有祭儀、沒有禁忌、沒有部落領導人為中心，凡事倚靠官府、勾結官員。但是番社就不同了，百千年來不管怎麼遷移，都在樹根移動可及的範圍之內，那些氏族、家族盤根錯節的，怎麼割得清、斷得了？部落比鄰而居，歷史的恩怨情仇釐不清也算不了，但總是通婚結盟的親族，就算看不順眼，彼此有心結，一旦對方有難也都該伸出手來拉一把。呂家望要反抗官府，為的只是想維護自己在風俗習慣上的自主；出面阻止縱谷其他部落，為的也是因為結盟的道義，這也不能說錯了。而女王西露姑的態度與現在指示的做法，有部落利益的現實考量，但顧及部落間的道義，還是得信守這樣的默契拉盟友一把，這是道義問題，不完全是漢人算計的利益。

儘管達達想通這些事，也覺得張新才對置產致富的想法沒什麼不好，但總覺得陳安生或張新才心底還是存有一些奇怪的想法，希望呂家望被削弱一些。她聽過他們一些片段的交談話語。

「我說老爺啊，說了半天，你倒說說看，呂家望可不可能與官府打起來？」達達停止咀嚼問道。

「不知道啊！朝廷指示開山撫番已經過了十年，卑南覓還沒完全薙髮，這個在西部早就該殺頭的事。過去一段時間官府縱容呂家望以及幾個縱谷的盟邦番社遲遲不薙髮，自然有官府優先考量的原因，雖然損及官威，基本上還可以當成是執行進度落後，並沒有大傷顏面。這一回，呂家望直接派兵阻止其他番社薙髮，擺明是要官府難看，挑戰的是朝廷的薙髮令，誰受得了啊？南路撫民理番同知要是不處理，恐怕自己也要罷職丟官甚至人頭落地，官府不可能罷手的。清兵看起來雖然不怎麼樣，好歹槍械充足又遠比呂家望的精良，現在布陣起來了，呂家望有沒有那個本事對抗官府，誰又知道？」張新才吸完最後一口菸後，隨手清理菸鍋，邊吐煙邊說：

「好啦，妳休息一下，整理整理，待會兒我們過去王府向女王報告，我也得跟老爺研究一些事。總要想辦法讓這事冷卻下來。眞要打起來，就想辦法讓他們拖到所有農作物收割完了再打吧，但是，我不相信眞打起來，呂家望對抗官府能撐多久。希望葛拉勞能發揮作用，勸勸他們緩一緩。」

達達看著張新才轉身準備進房內，他那與陳安生相似的身型，瘦削、單眼皮與比巴掌大一些的面容，聽聞著他帶有濃重河洛聲腔的彪馬語，心思卻飄遠了。

稍早，在呂家望的巴拉冠會議上，在站立的兩層漢子以外，她見到了布昂，當時布昂是怔怔望著她的，眼裡沒有焦點的直穿透過達達向後飄遠，沒有表情，也看不出有任何情緒。

他已經不再是他了，他想什麼呢？他過得好嗎？達達心裡忽然生出這些問題。去年三月在小米疏苗的季節見上一面，一年多來就再也沒見著布昂，而達達已經是張夫人了。

他讓姑娘討回家去了嗎？想起這個，達達忽然紅了臉，她輕輕的在心裡「啐」了一聲，責怪自己胡思亂想。

「對了，達達呀，妳……有沒有動靜啊？」張新才忽然又從房間轉了出來問。

「沒有！」達達倏地被拉回現實，感到幾分難爲情，沒好氣的回答，然後下意識的撫了撫肚子，又取出菸斗塡上菸絲，點火。

「喔，那……」張新才忽然想起什麼，住了嘴，又說：「休息一下吧，吃過晚餐，到女王府請安去。」

第五章

葛拉勞的折衝協調

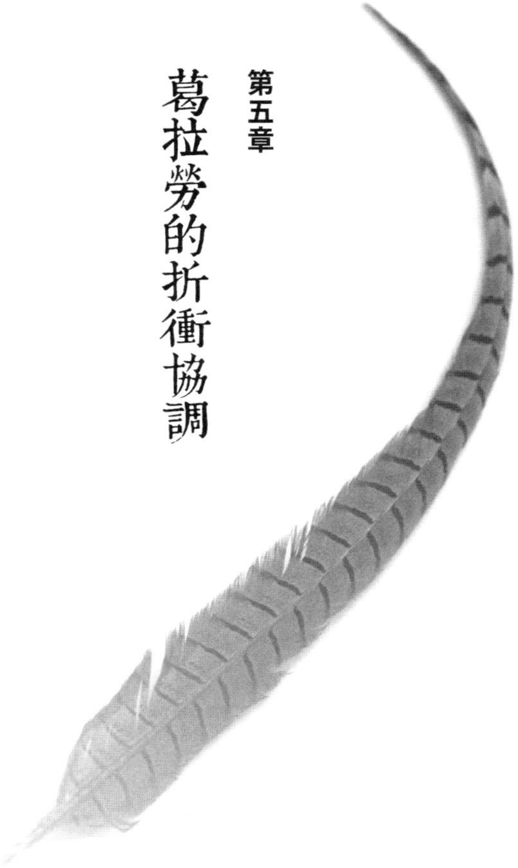

葛拉勞是在隔天，也就是四月三日回到彪馬社覆命，爲此，部落領導人林貴還特別招集幾個氏族的族長聽聽呂家望的狀況。

當時，達達、張新才離開時，呂家望的會議正由三十出頭的索阿納主持，會議中多數的氏族主張在清兵還未完全紮營時發動奇襲，一口氣把清兵解決掉。但參與會議的幾個漢人移民代表表示不贊成的立場，通事也希望這件事能緩下來。葛拉勞被詢問起，也表示不方便提出任何建議，葛拉勞也順勢傳達了女王西露姑關切的意思。葛拉勞打心底認爲，兵凶戰危的，能不打就別打，要打就得盡快動手。但這話，他壓在心底。

葛拉勞的發言引起幾個呂家望氏族族長的不滿，認爲彪馬社口口聲聲爲卑南覓盟主，除了嘴巴上說些不切實際的關切，根本沒有能力與意願爲同盟部落主持公道。索阿納沒多說什麼，當下卻下令呂家望所有氏族，各自參酌自己巴拉冠的綜合狀況，編組攻擊小組，每天輪流接近與監視清兵營舍陣地，一有攻擊機會立刻展開襲擊。即刻起其他氏族的戰士，各依領導權責隨時準備，一旦事發，也能於最短時間投入戰鬥，做支援戰鬥。

葛拉勞當然知道索阿納有幾分賭氣，怪罪彪馬社沒有直接協助出兵的意圖，但基於禮儀，身爲部落領導人之子的索阿納並沒有當面指責葛拉勞。但是這樣的部署與行動命令，與完全開放攻擊的權限，等於是要各個氏族即刻起進入戰爭狀態，這無異是要一群人持火炬，在堆滿了乾草枝竹的倉庫邊玩耍，什麼時候一個火星子飄起落地都要釀成大禍的。所以當各個氏族族長帶著人馬回各自的巴拉冠時，葛拉勞趨近索阿納表達了些看法。

「索阿納阿力[1]，我知道你怪罪我們不顧道義不肯派兵協助你們，不過，有些事我想我應該要解釋得更清楚些。」

「哈哈哈……葛拉勞啊，還有什麼好解釋的呢？我們並不要你們協助啊！你忘了嗎？你們才經歷過那些百朗的疾病肆虐，自己的事還搞不定呢，況且官府就這麼些人，眞要打起來不礙事的。」索阿納看了一眼葛拉勞，忽然堆起詭異的笑容說：「阿力啊，你知道嗎？從外表看起來，你就像你阿瑪[2]林貴一個樣，個頭小、瘦削、單眼皮，就像是老人說的古代變種人那樣，身體沒有完全進化完畢，說穿了就是百朗的樣子。老實說，你們彪馬社跟官府的關係太親近了，你們學得太多也太快了，我看，要不了多久，彪馬社就會變成百朗的庄頭。所以，你們不介入，我似乎也能理解。」

「哈哈，阿力，你說得沒錯，但是彪馬社與百朗又如何切割得清楚呢？我的祖父鄭尚是第一代進入卑南覓這裡的，我的父親林貴甚至還是現任彪馬社的阿雅萬[3]。就算不計算這個，拉赫拉氏族的西露姑女王，還有達達都嫁了最能幹精明的百朗通事。現實的

1 男人之間的親切稱呼。
2 父親。
3 部落行政庶務的實際執行的領導人，等同後來頭目的職稱。

情況是，我們的確有太多百朗進來，你要說我們是百朗的番社，某個程度也不能說錯！但是我們並沒有把卑南覓大大小小六、七十個番社當成外人看啊，這也是我現在還在這裡的原因啊！」葛拉勞不慍不火，不亢不卑，語氣平靜地帶著微笑說話，兩顆小眼睛幾乎已經埋進眼窩裡。這情形惹得索阿納忍不住笑了。

「就是因爲這樣，我才不反駁你，要知道啊，我們不是爲了幾根頭髮的事跟官府作對，而是因爲這裡向來就是我們番人爭強逐鹿的地方，因爲我們才是這整個平原的主人，是奔馳焚獵在那些兩三人高的莽草原的主宰者。即使這麼多年來百朗一直以各種名義進入呂家望，我們也都想辦法讓他們成爲番社的一分子。現在百朗的官府來了，凡事要凌駕我們頭上指揮這裡命令那裡的，這對嗎？假如我們不堅持一點點自己的習慣以及喜好，不必等到你我埋進土裡，死靈去見了祖宗，那些獵鹿場都要變成水稻田，我們都要變成百朗一樣，每天跟土地過不去的挖呀挖的墾荒闢田，穿一堆布料把自己裹得像見不了光的龜頭，越來越小、越來越瘦弱。我們可不準備變成那個樣子啊，葛拉勞，我的兄弟，這就是我們的想法啊。」

「所以，你們堅持要戰？」葛拉勞收起了笑容，但語氣仍然平靜，嬌小的身型，坐在索阿納身邊，像個孩童偏過身子問問題。

「哈哈哈，葛拉勞呀，好歹你也可能是未來彪馬社的阿雅萬，你倒是說說看，我們現在是戰還是不戰？」

「我搞混了，你下了命令要各巴拉冠自己偵測清兵的動態，自行決定開火的時機，擺明了就是要打這一仗，可是你現在這麼一說，又好像不是那麼回事？」

「別太小看我呂家望啊，我們可不是天天窩著生孩子，而勢力變強人變多的。這些年各氏族的巴拉冠都來了不少當過兵吃過糧的百朗，大家圖的還不是有份田產好好過日子，但是面對挑釁，也沒人願意退縮。要打，就講究效率的打一仗，否則傷損到自己就乾脆別打了。現在清兵紮營的地方多半是我們的農作地，打起仗來或者讓他們待太久，對我們都不利。」

「所以，不打了？可是，各個巴拉冠都已經準備了武器，隨時開打。你又怎麼這麼有自信他們不會胡亂開打？」葛拉勞似乎懂了呂家望的邏輯。

「瞧你說的什麼話呀，我要是拿不準自己番社的戰士訓練到什麼程度，我們乾脆就學你們一樣，一切以官府馬首是瞻還省事些。至於現在，開不開戰？關鍵，就在官府的態度與意志，如果他們一開始就不把我們當一回事，他們就得付出代價；假如現在他們認眞看待我們決定一戰的態度，他們也堅持他們來的目的，我們就會妥協。我說過，這從頭到尾不就是幾根頭髮的事嗎？事情還不到非得靠打仗才能解決的地步。但是，如果一開始我們沒作爲，以後就會沒完沒了，縱谷地區的那些盟邦番社，也會從此瓦解。」

說完，索阿納伸手取了座位旁小籃子裡，一顆處理過的檳榔送進口。

「我懂了，你不想讓這裡變戰場，卻要逼得官兵神情緊繃，好爭取官府未來的重視。」

「呸！」索阿納順勢吐了第一口檳榔汁，口氣有些不屑，「爭取？這話你都說得出口？葛拉勞啊，你那顆腦袋啊，果然是不折不扣的百朗腦袋，想的總是以後會有什麼退路，能有什麼好處。」

「難道不是那樣？」葛拉勞似乎也有些尷尬，伸手取了檳榔送進口。

「官府重不重視是他們的事，我們只是要他們搞清楚，我們是一個實質存在的大部落，他們想幹什麼事，請先多來溝通，僅此而已。」索阿納忽然停止嚼動，表情嚴肅的看著葛拉勞說。

彪馬社南部落拉赫拉氏族的巴拉冠，眾人聚精會神的聽著葛拉勞敘述與索阿納的對談內容，其中關於索阿納戰與不戰的態度引起眾人的極大興趣。

「看來索阿納還眞是個精明的領導人物，我看呂家望的現任領導人過世後，阿雅萬一職非他莫屬。」林貴讚嘆的說。

「他倒是自大了一點的啊，沒把我們放在眼裡，也沒把官府當一回事。」一個長老說。

「不過，薙了髮，氣勢的確是弱了一點，你們看清兵移動的樣子，眞像是一群帶了槍的逃難者。」一個漢子說。

「別看輕了清兵，就算鬆散得像逃難，畢竟是官府的軍隊，槍械遠比我們都精良，眞要打起來，我們不見得討得到便宜。更何況他們有他們訓練的方式，眞槍實彈的幹起來會有什麼結果，得眞打了才知道啊。」葛拉勞說。

「好吧！就算呂家望的戰士個個神武，清兵也眞的不錯，結果呢？葛拉勞，你倒講講看，這事情到後來怎樣了？怎麼呂家望薙了髮，官府的軍隊也退了回來啊？」林貴催促著。

葛拉勞這回也不急了，他取了菸斗塞了菸絲，點著後，深深吸了一口，巴拉冠眾漢子也各自拿起菸斗或取出檳榔，準備好好地聽個故事。

依照索阿納的規畫，呂家望四個巴拉冠的戰士們，排班成群的帶著上了膛的槍械，沿著清兵營區陣地前方，大剌剌的慢慢移動，一方面注意清兵的部署有無漏洞，二方面與清兵遠遠怒視，想威嚇那些士兵。這個方式，剛開始還奏效，那些駐紮做工事的清兵，只要發現呂家望的戰士出現，便慌亂不已，取槍的、報告的到處亂竄，但半天後就習慣了。統領張兆連也似乎洞悉呂家望的意圖，不但要求清兵嚴守陣地，不准蹂躪周邊已經結穗的小米田，還要求包括張新才等幾個通事，再次進入呂家望說明官府要求執行薙髮命令的決心。到了第四天，呂家望方面忽然提出：如果官府能夠注意縱谷地區歲賦問題，以及地方官員課稅的態度，呂家望就同意接受薙髮，也不阻止縱谷地區的幾個部落接受薙髮令。官府對呂家望的條件大表意外，南路撫民理番同知歐陽駿立刻批准，四月三日上午，張兆連便率兵而回。彪馬社的戰士接獲通知，也依前次的布陣方式，在大巴六九溪北岸陳兵迎接清軍返回卑南廳。

「啊，就這樣啊？」一個長老感到訝異，脫口說。

「就這樣！」

「搞什麼？呂家望搞什麼？」另一個長老一副沒等到好戲上場的失望。

「這樣也好，沒急著這個時候打仗，今年下半年不至於無法收割穀物，也不會連累到縱谷那幾個番社啊。」巴沙拉特氏族族長面露喜色的說。

巴沙拉特氏族，屬於彪馬社最早的開基氏族，在拉赫拉氏族崛起以前，掌握著彪馬社主要的領導權，現在是彪馬社北半部三個氏族的領導家系，與拉赫拉所領導的兩個氏族所形成的南半部，成為彪馬社具特色的所謂「二部組織」。其主要歲收來自於縱谷地區的幾個阿美族、平埔族聚落。呂家望不打仗，相關的幾個同盟就不會被捲入，歲收就不會受影響，這對剛又歷經天花以及向南遷移的氏族而言確實是個好的消息。另一個掌握北方幾個部落稅收的沙巴彥氏族也附和巴沙拉特族長的說法。

但呂家望不打仗，對處心積慮想要削弱呂家望勢力的幾個領導人，特別是西露姑、陳安生，又覺得心情稍稍顯得複雜。

部落東南邊的女王府，約下午三點過後的時間，陳安生與西露姑在睡完午覺吸完一管鴉片煙後，張新才與達達忽然來訪。西露姑交代下人在院子那那幾棵檳榔樹蔭下擺了椅子、茶水、檳榔缽，要達達攙扶著過去坐，把第一進的接待大廳留給陳安生與張新才談事情。

「達達啊！都一年了，現在有動靜了沒？」才坐定位，西露姑喝了口茶，輕聲的隨口問。

「沒有？一點動靜也沒有。」

「到底是誰的問題？你們有沒有常常在一起啊？」

「這種事……唉唷，天天在一起又能怎樣？我也不知道誰有問題啊！每個月，我跟著月亮來[4]，血流得多到可以餵飽一隻豬，我應該算正常吧。」

「呸，我跟妳說正經的，妳胡亂說什麼？什麼一隻豬都可以讓妳一攤血給餵飽了？」

「不是嘛，該做的都做了，他一個快四十的老頭子，自己不停的吃藥，也拿了藥說給我補身子，沒消息就是沒消息，又不是我不要，我多想要生幾個孩子啊。」達達撫著肚子說。

「唉，不是伊娜我狠心不通人情，要在這個時候囉嗦妳這個，我……我心急啊。妳

---

4 指月經。

不生個男孩，我們拉赫拉氏族到妳這一代就要結束領導權了。」

「伊娜啨，妳在說什麼啊？我要能生，生什麼都要謝老祖宗了，還管他什麼男孩、女孩。妳也眞是的，我們從老祖宗以來，從來就是生女人最有價値，怎麼現在跟著百朗，這種觀念也跟著改變了？」

「唉呀，妳不懂啊！這個時代當部落領導人，妳一個女人能進巴拉冠？男人商議什麼妳能直接聽取報告做成決議？還有，去見官府，那些百朗的官員，有把女人當一回事嗎？這已經不再是祖奶奶希洛谷的時代了啊。」西露姑喘著氣一口氣說完。

「唉，就是因爲不是祖奶奶希洛谷的時代，所以就別想太多了。妳現在這個樣子也很好啊，他們男人做成決議來請示妳，妳不就省事得多？況且，眞要出了什麼事，我又不是不能出現。不能進入巴拉冠建築裡頭，我就在外頭招開會議啊，就算眞要帶領一群男人打仗，我又不是不行。」

「妳這丫頭，誰不知道妳的個性，但是時局不同，日子也不一樣啦。就算這一代妳可以這樣子，到了下一代，這裡到處是百朗了，那還行嘛？唉，跟妳說話怎麼這麼累啊，來，妳幫我把菸點著。」西露姑喘得聲音顫抖著。

「伊娜呀，下一代的事誰知道啊？更何況葛拉勞很好啊，勤奮認眞腦袋又清楚，他當部落領導人，應該也會像林貴那樣尊重我們家的地位吧？」達達把菸斗遞給西露姑，自己也點著了一鍋。

「哎呀呀，我的大小姐啊，我說了半天妳還沒聽懂啊？林貴再好，總是我們拉赫拉氏族的外圍，萬一他兒子葛拉勞後來又接任，那更是外圍了，那這樣拉赫拉永遠要失去領導權了。我要說的是，在妳這一代的時間，妳跟張新才好好的穩固氏族的領導權，然後生個兒子接任下一任彪馬社的總領導人，把卑南王的中心勢力重新拿在手上。」

「呵呵……伊娜呀，妳把菸抽了，休息吧，妳想太多了。現在妳還活著，我的肚皮也還沒有一點動靜，而葛拉勞還正在爲呂家望的事奔波呢。」達達拍了一下肚子呼了一口煙，想起張新才喘噓噓的在她身上蠕動的虛弱樣，忍不住又長長的呼了一口氣。

「ㄚ頭啊，伊娜我，身體似乎已經到了最後的旅程，要繼續擔心這些恐怕也力不從心了，我說的這些，妳要是沒能體認，我也沒有多餘的精神爲妳操勞，不過啊，從今以後需要出門見人的事，妳就多爲我跑跑腿，及早建立屬於妳的女王時代。還有，無論如何，別跟著吸鴉片成癮，那可是要變賣所有田產還不見得滿足得了的。加上煙癮眞要犯了，什麼尊嚴都要往泥地上踩了，我的例子妳最好記得，千萬別吸鴉片。」西露姑越說越細聲，身體已經虛弱得說不出話來了。

「生個兒子。」西露姑忽然夢囈似的說了一句。

達達望著西露姑，著實不忍心聽她繼續說話，她取了顆檳榔，伸過手遞送到西露姑嘴邊，順便把她那已經燒光了菸絲的菸斗收下清理。不一會兒，達達直視著西露姑說：

「妳都說了這麼多遍，我不想聽也都記得了，假如祖宗眞不讓我生小孩，不讓我有後代傳承，那可能也是老祖宗要拉赫拉氏族從此結束過往榮光，但是我向妳保證，我活著，我一定挺住這股氣，支持葛拉勞，也維持女王該有的尊嚴。」

達達語氣堅定的說，心思卻又不自覺的回到葛拉勞的身上去了。算一算葛拉勞還算是她氏族內的一個家族子弟，一八六〇年生，長達達四歲，雖然是現任部落領導人林貴的兒子，卻習慣上仍稱達達爲姊姊，以表示尊崇拉赫拉氏族歷來的領導地位。達達也異常清楚她這個「弟弟」聰穎過人，對時事的判斷一如他父親林貴、祖父鄭尚等漢人的靈活與精準。雖然他身材瘦弱，沒有部落人的強肩闊胸與粗獷，性格也溫和懷柔，卻絲毫不減損他在幾個氏族巴拉冠發言的影響力，加上部落領導人林貴刻意栽培下，達達深信未來葛拉勞必然接任整個彪馬社的領導權。因此，未來如何在拉赫拉氏族的傳統領導權，與葛拉勞所建立的領導核心之間取得一個平衡，一直是西露姑關注的事，現在的達達也意識到，這是在未來的相處模式上必須清楚拿捏的部分。

唉！達達心裡嘆了口氣。

能像青少年時期那樣多好？達達心裡一陣嘀咕。她眷戀、緬懷過去部落一群青少年說溪就水，說草原就設陷阱狩獵的那段時光，凡事達達說了就算，不會有歧見，而葛拉勞總是率先贊同與跟隨行動。

究竟還是不同了，這個去年才結婚的弟弟，終於長大了。達達心裡十分肯定的說著。

葛拉勞的確不同了，這不僅是長成大人這麼單純的生理變化。而是這一回呂家望薙髮事件，他出於好奇主動要求前往呂家望作第一線觀察與參與調停，四天的不停對話與觀察呂家望，在戰與和之間細膩操作的過程與結果，這讓他忽然頓悟了「實力」的重要性，也明白談判與抉擇時機的掌握是件亟需反覆揣摩與思慮的事，他因而更建談也更謙虛。這一點大出他父親林貴的意外，也讓張新才提高警覺並重新思考未來彼此合作相互提攜的可能。

張新才與達達離去後，女王府吸鴉片房內，陳安生也同樣給予葛拉勞直接的肯定，引起西露姑的不快。陳安生也不反駁，他安慰的表示，時局只要變化不大，這個情形就不會變，葛拉勞一定會考慮達達與張新才的狀況，給予必要的尊重。

「不過……」陳安生吸了一口菸，賣了個關子。

「煩死了，你就不能直接說？都這個樣子了，還賣什麼關子？」西露姑這回頭也沒回，側著身背著陳安生吸了口菸，有氣無力的說。

「歷史舞台一旦搭起來了，沒演完戲，就不可能輕易拆台，除非葛拉勞不是個貨色。」陳安生也沒理會西露姑的反應，語帶玄機的近乎喃喃自語。

□

一八八七年（光緒十三年）呂家望薙髮事件一個月後的五月中旬，某日近中午時分，一個蓄了鬍子的西洋人，帶著十幾名像是南方來的排灣族，又像是漢人的隨從、翻譯、行李與自衛槍械，正經過彪馬社南邊大巴六九溪南岸刺竹林。一群在大巴六九溪嬉戲的小鬼們首先發現他們，七嘴八舌的打招呼與討論，聲音引起附近農地工作的大人注意，隨即通報彪馬社南部落幾個巴拉冠。頃刻間，一群配了刀提了火繩槍的彪馬社戰士，在部落南端入口對面的溪岸，一座有著兩棵雀榕樹蔭所形成的休息區，攔截這一群以西洋白人為核心的旅者隊伍。

葛拉勞也在第一時間隨著巴拉冠的漢子們抵達。彼此相互介紹後，西洋人取了些食物、菸草請大家，並由其中一兩位懂得卑南語的排灣人翻譯，說些沿路的故事給大家聽。聽得圍觀的彪馬社戰士以及婦人小孩們深覺有趣而大笑或擊掌，另外也提到三天前卡地步與呂家望兩個部落交戰的狀態，這立即讓彪馬社的戰士無不感到驚訝因而發出「嗚！」的驚嘆聲。葛拉勞更是緊鎖著眉頭不發一語。

這個白人，是駐守在南台灣南岬燈塔[5]的英國人喬治・泰勒（George Taylor），五月七日離開燈塔後，在南排灣最高頭目所在的「豬勞束社」[6]，與潘文杰所組成旅行隊漫遊南台灣，而後穿越「阿塱壹」[7]抵達東台灣，一路沿海岸北上，在知本住了三天，今天準備抵達寶桑過夜住個幾天。旅行隊的成員包括南排灣族、平埔族、客家人，奇異的組成也讓沿途所經過的地區居民覺得有趣。

基於避免發生瘟疫的疑慮，葛拉勞並未提出邀約請泰勒進入彪馬社區，所以旅行隊一行人只待了約兩三個小時，陽光稍稍偏斜之後，啓程向寶桑出發。彪馬社居民除了繼續留在農田的之外，漢子們撤回巴拉冠，一些人三三兩兩走在一起，還忍不住轉述回味剛剛旅行隊提起的事。笑聲語、驚嘆聲便從部落入口到西露姑的女王院子口，一路喧譁與雜遝驚動了女王府。

葛拉勞一腳踏進女王府院子，便看見幾個檳榔樹葉的遮蔭下，他的父親林貴、達達以及斜躺在兩張躺椅上的陳安生與西露姑，四個人抽著菸，睜大眼睛看著他，沒有看見張新才的身影。

「怎麼啦？」見葛拉勞神情緊繃，林貴問道。

「阿瑪，卡地步與呂家望已經打了起來。」

「什麼？打了起來？那是什麼時候的事情？」

「剛剛一個西洋人帶著一隊隨從的旅行隊，經過南邊的溪床，我們攔截了下來，他們說的。」

「等等，你先坐下來吧，抽個菸慢慢說來吧！」西露姑說，聲音氣噓微顫。

---

5 鵝鑾鼻燈塔。
6 今屏東恆春滿州里。
7 今台東縣達仁鄉安朔村。

葛拉勞取了菸斗，點過菸深吸了兩口後轉述剛剛泰勒等人說的事。

泰勒是在三天前到達卡地步的，在卡地步人熱情的款待下，待了三天。卡地步人告訴他們，就在泰勒抵達的兩天前，卡地步與呂家望，雙方在呂家溪南岸不遠處列陣約戰，除了火繩槍，有些戰士還準備了弓箭與長矛，準備面對面廝殺。剛開始雙方是相互叫囂的，後來卡地步人偷偷地調度兵力由西側山坡，偷襲呂家望陣地的側面而造成混亂，呂家望大敗而回。因此這幾天呂家望每天派出戰士封鎖往來的道路，只要發現是卡地步人一律當場格殺。

「啊！」西露姑與達達幾乎同時叫了起來。

「死傷了多少人？」林貴問。

「卡地步人說他們死了八個人，卻殺死了呂家望一百四十九人。」

「這可能嗎？」林貴輕皺著眉說。

「這恐怕是喝多了酒吹牛！一百四十九個人，幾乎已經是呂家望主要可以戰鬥的萬沙浪一半的人數了，眞要死了那麼多人，我們不可能不知道這件事情的。」葛拉勞說。

「如果這是三五天前的事，官府應該會知道這件事吧，我沒聽張新才說起官府知道這件事啊。」達達插話說，她想起布昂，不論呂家望死多少人，她不希望這是事實。

「嗯，這的確可疑，明天找個機會去查證一下吧！」林貴說。

「這兩個番社終於打起來啦？怎麼不多死幾個人啊？」西露姑忽然感到厭惡，聲音微弱，但飽含怒意。「這兩個，從不把我們放在眼裡，想打就打，想怎樣就怎樣，本來還想著有機會大家坐下來談一談，將來怎麼一起攜手合作，看現在的狀況，想也別想了，呸！」

才說完，西露姑掙扎著望向陳安生說：「我們換抽鴉片吧！這麼氣人的事！」

林貴想著事，眼睛空洞地看著幾個侍女忙進忙出，準備鴉片煙具，自己嚥了嚥口水，忍著不附和跟著吸鴉片。近期，他感覺到鴉片毒癮已經要超過他的意志力了。葛拉勞的聲音打斷了他的沉思：

「阿瑪，卡地步與呂家望之間的紛爭也很多年了，這一次交戰，有這麼嚴重嗎？我的意思是，雖然這兩個是與我們相同種族的兄弟番社，他們打起來，對彪馬社的影響在哪裡？他們勢力稍稍減弱不是對我們更有利？」

「他們實力大減，的確對我們繼續掌控卑南覓是有直接的影響，但是作爲領導人，我擔心的不是這個，我想陳老爺應該也有同樣的看法吧！」林貴說著，眼神卻飄向陳安生，只見陳安生微笑著只點點頭不語，乾癟的臉上皺紋攪成了一團。

「我不懂了，阿瑪，你們的憂心在哪裡？姊姊，妳懂嗎？」

「葛拉勞啊，你不懂的事，我也不會懂。」達達注視著葛拉勞一會兒，然後說。

林貴沒讓現場氣氛過度冷下來，他接著達達說：「名義上，我們是這個區域的盟主，八社聯盟在不久前也還是完整的被承認，但是現在，八社聯盟中的卡地步、呂家望先撤回他們應派遣的勞役，然後呂家望為著不希望定期送歲貢而與卡地步大打出手，就像當年我們不願繼續向卡地步輸送歲貢一樣，在滑地之戰殺了卡地步二十三個人。問題是他們之間起了衝突，有了死傷卻沒有任何訊息傳到我們這裡，這說明什麼？這說明卡地步與呂家望根本已經不理會我們，而且他們認定目前的實力已經完全超出彪馬社，現在他們內部已經達成了共識，根本就完全不在乎彪馬社。或者，也有可能覺得目前的死傷對他們而言是極其輕微根本不算什麼。這樣你們了解了嗎？之前他們願意遵守義務奉我們為盟主，是因為對於傳統禮儀還有幾分尊敬，現在呂家望的崛起與卡地步的交戰，已經破壞傳統的默契，也正式宣告著卑南覓各番社之間將有新的局面，彪馬社已經不是唯一的盟主，卡地步與呂家望的實力早就超過我們彪馬社，我們已經失去了仲裁地位。」

葛拉勞與達達沒接話，陳安生仍是半瞇著眼不知目光望向哪兒的含著菸斗，而西露姑在躺椅上一動也不動，除了嘴唇吸鴉片久久蠕動一次。

「目前卡地步、呂家望雖有傷損，但他們根本不覺得有影響，他們也清楚，以我們目前的實力，根本也撼動不了他們其中任何一個。我憂心的是，如果沒有更強力的結盟關係，從今以後，我們只剩下虛名，彪馬社可能將永遠失去在卑南覓的領導權。甚至在番社的聯合行動中，我們將被迫要成為他們的支應或附屬。」林貴吸完了最後一口菸，邊吐煙霧邊說。

「唉，看來目前我們得更靠向官府了，好好藉靠官府的力量培養實力，重新取得整個卑南覓的發聲權、領導權。」葛拉勞說。

「嘆什麼氣啊？彪馬社歷代以來，不都是這樣嗎？」仰躺在躺椅上，專注著吸鴉片的西露姑忽然說話，「想想看，老祖宗卡比達彥迎來荷蘭人，又藉五次的地方會議打下我們統領所有番社的基礎，徹底取代『卡日卡蘭』[8]成爲盟主；還有，先祖嘎六賽與卑拿來幫著這些百朗的皇帝老爺打土匪，也更強固了我們拉赫拉氏族的掌控力。這些還不都是跟官府合作才能達成的？跟那些番社結盟有用嗎？找來當奴隸還不見得可靠呢！」鴉片的提神功能，讓西露姑說話的氣量足，說到最後還有些怒氣。

「更何況……」西露姑似乎意猶未盡，卻貪戀地多吸一口煙停頓下來換氣，「林貴啊，你把我下面想說的話都說了吧！」

「呵呵……姊姊啊，妳還眞把我當成心頭的一塊肉，知道我同妳是相同的想法。」

「別肉麻了，你是部落阿雅萬，有些話我已經說得嘴皮都要說破了，你還能不懂啊？」西露姑難得露個笑臉看著林貴。

「女王的意思是：更何況，目前彪馬社已經住進這麼多的百朗，不說我的父親鄭尚，還有陳老爺、張新才，以及我跟葛拉勞也都擁有百朗的血統，那些跟著住在番社附近的百朗也越來越多，不跟百朗的官府合作的確沒有道理啊。所以……」林貴嚥了嚥口

---

8 十七世紀中葉以前知本仍為區域盟主的舊部落名稱。

水，望向葛拉勞與達達，繼續說：

「女王和陳老爺，還有我都老了，時局走到這兒，我們多半也只能接受了，倒是你們兩個得好好想想，好好琢磨斟酌，跟官府合作，重新取得一個關鍵位置，讓彪馬社重新站起。尤其是你，葛拉勞，你將來要接任彪馬社阿雅萬，你特別要記得，我的姊姊女王西露姑，對我是如何尊重與諒解，而我又是如何的以女王以及老爺的意志爲意志，你可千萬要隨時記得，好好的協助達達成爲新的女王，不可以逾己啊。」

林貴的話像一根鐵杵硬生生的砸進西露姑的心窩，她覺得心臟瞬間碎裂、凝凍，迫得她猛吸了兩口鴉片，表情尷尬地化開成一朵皺紋所形成的燦燦花朵。

剛剛林貴不著痕跡又甚爲明顯的，當著彪馬社最有影響力的兩個人面前宣布葛拉勞是下一任的領導人。同時還把達達、葛拉勞兩人所形成的接班梯隊的關係作了一個規定。這個原先不出眾人意外的決定，直接這麼非正式的宣布，簡直斬斷了西露姑原先希望達達直接掌大權的微渺期待。林貴漂亮的說詞讓西露姑根本無從反駁。她忍不住，索性閉上眼睛微笑著又猛吸一口鴉片，點點頭心裡出現了一點恨意。

「老啦！」一直沒說話的陳安生忽然出聲，「葛拉勞啊！」

「我在，有什麼吩咐嗎？老爺！」

「我問你，那個擔任那個西洋人翻譯的是誰？」

「喔，是早年移住塱嶠的卡地步人，他叫潘文杰。」

「潘文杰？個子不高、單眼皮，還有一對招風鼠耳？」陳安生忽然掙扎的坐了起來。

「是啊，老爺您認識？」

陳安生的話引起眾人的注意。達達眼神掃過仍躺在椅子上的西露姑，又很快回到陳安生那瘦削乾癟的臉上。

「你們記得吧？十幾年前第一次天花前的三月，日本人在埡嶠對當地的番社用兵[9]，我招集了幾個巴拉冠的萬沙浪，準備去幫忙教訓牡丹那些一直妨礙我們進出做生意的番社？」

「我記得啊，那時我也跟著去了呀，但是還沒到埡嶠，事情就落幕了！」林貴說。

「沒錯，我們沒有來得及趕上戰事，那是因爲日本的軍力太強，那些番社根本抵擋不住幾天。後來那十幾個番社希望跟日本和解，那個協助談判的就是這個潘文杰，而他這十幾年也就一直擔任那個地區十八個番社的總領導人。」

「什麼？這樣一個人物來卑南覓，我們居然沒有好好招待？」林貴瞠著大眼、提高聲調說。

「我說這個，是提醒你們，根據這麼多年我的觀察，大清國不是日本的對手，總有一天日本人會來到卑南覓這個地方。但是這個時間來臨前，不論清朝官府或者日後的日

9 一八七四年牡丹社事件。

本人，都會需要有番社來居中協調以及代理，在卑南覓，沒有比彪馬社更適合的番社。眼前別看知本、呂家望人口比我們多，戰力比我們強，他們畢竟只是番社，就算有許多百朗進入歸化成爲他們的人，那還是番人的番社。」陳安生因爲虛弱需要不時提氣，聲音時大時小。

「老啊！」陳安生又躺回躺椅上氣喘吁吁的又說了一句。

葛拉勞似乎懂得了林貴所憂心的事，以及陳安生所指出的契機，他想起那個奇貌不揚又有著神奇經歷的潘文杰，惋惜著沒有留下他們好好的交換些意見。

「對了，達達啊，等新才回來，妳請他過來一趟，我有些事情要問他。」陳安生忽然又說。

「好，等他回家，我們再一道過來請安。」達達說著，眼神轉飄向院子外遠處的刺竹叢樹梢，心裡浮起布昂那張開了玩笑之後假裝正經，久久不肯大笑的臉。

找撒米央來幫忙吧。達達心裡想著。

第六章

達達的出巡

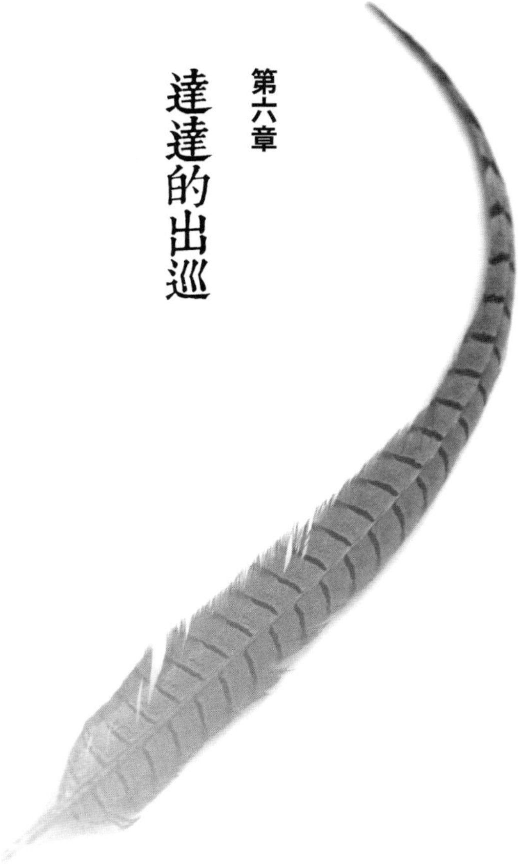

一八八八年二月，西露姑與陳安生幾乎已若風中殘燭足不出戶，進食量逐漸減少，靠著先前零存的鴉片以及張新才送來的新品，維持殘弱的身軀偶爾翻動與肢展。各氏族族長除了禮貌性的關懷探視，已不再提及公共事務。另外，全部落性的事務直接由領導人林貴主持做成決議，也不再來到女王府報備。一般涉及官府漢民的事務，則轉向與張新才商議。這情形看在達達眼裡，心境有了不同的轉變，她在例行探視西露姑的某一日之後，主動要求張新才想法子改變這個狀況。

自去年下半年，一直往返忙碌於縱谷幾個田產以及寶桑生意買賣的張新才，也警覺到，這個狀況其實在去年七月的祭儀以後就已經浮現。但比起部落權力徹底旁落，張新才還是想優先解決田產轉移的問題，特別是陳安生名下幾筆還沒變賣轉移的土地。偏偏這等事在目前陳安生與西露姑身體近乎崩垮的時刻，怎麼問都顯得不尋常與找晦氣，兩人都戒慎著思索著什麼時候、怎麼開口詢問這事。

才吃過晚餐，女王府來了召喚的消息。

「希望不會是……」達達不敢想，收住了話語。

「老爺要我們直接進吸煙房說話，應該還不是很嚴重的事！」張新才輕皺著眉頭說。

「最好是這樣，如果能，我們也把該說的都說了吧，讓他們做最後的決定！」

「嗯！再不解決，我們也不好做事了！」

張新才與達達幾乎是即刻起身，過了一條小徑，接近女王府約兩三棵樹的距離，屋內其中幾盞燃起的煤油燈，穿透兩座院子與枝葉映入達達眼瞳，令她心裡一揪，遂跑了起來直接進入女王府二進後方的吸煙床，才跨進房，差點驚叫著又跌了出來。

只見陳安生與西露姑正坐在吸煙床上，恰如兩具乾癟瘦削的人形木偶，一動也不動，既沒交談發聲，連眼神反映牆上的煤油燈光，也顯得灰黯空洞。

「進來吧，看妳冒冒失失的。」西露姑含著氣音虛弱的說。

「新才，你也進來坐吧。」陳安生也發了聲打招呼。

張新才夫婦才注意到吸煙房排了兩張有靠背的座椅，煤油燈似乎也多點燃了兩具。才坐定，陳安生與西露姑又躺了回去，拾起看起來才已經點燃準備好的鴉片煙具繼續抽著。

陳安生沒有在其他瑣事打轉，直接交代了幾個還未處理完的田產，西露姑也簡短的要達達規畫一下關於登基的事宜，讓鄰近番社知道女王已經換人。短短一管鴉片煙的時間，決定了彪馬社領導權的轉移。張新才獲得陳安生在雷公火[1]南邊面積約略兩甲的水稻田，至於彪馬社東邊前往寶桑之間水旱間雜的田地，由達達監管處理，等陳安生現在才三歲的親生女陳貴英成年後再全數移轉。拉赫拉氏族在西露姑名下的田產則由達達繼

1 今台東縣關山鎮電光里。

承，至於達達的妹妹蘇里姑，西露姑與前夫安賽的二女兒，因爲結婚時已撥了田產，因此不再分產。

西露姑與陳安生的召見，有幾分交代後事的意味兒，雖然這是遲早的事，達達心裡還是有些排斥，離開女王府回家路上見張新才不語，她也不忍多說，直至進了屋，她打破沉默：

「怎麼了？老爺！看你一路不說話。哪裡處理得不好，讓你不高興？」

「沒有！沒有什麼不好的，老爺這樣的分配很好，還眞謝謝他願意把那些田產給我們。這樣一來，我在大埔庄那一帶的田產便聯成一整片，日後更方便開墾放租。」張新才說，點了菸坐了下來。

「那你怎麼看起來像是有心事？」

「我應該高興的，但路上忽然想起來縱谷地區目前不太穩定，剛遷入的一些客家庄、平埔番社，這幾年田地還不是很穩定，繳稅常常拖欠，官府又逼得急，我擔心要不了多久會出亂子的。」

「這都是好幾年來的事了，官府應該幫忙才是，怎麼只顧著抽稅不顧人死活？」

「陳老爺說過，這些朝廷的官員沒幾個是好東西，越小越偏僻的地方，官員素質越差。我們這裡還好，縱谷情況就非常的糟。我是擔心會像台灣西部那樣，有人要造反。」

「你們這些幹通事的就不能勸一勸官府嗎？急著把雞殺了，指望誰給你生蛋啊？這些官員的腦袋都給貪念蒙蔽啦？」

「唉，通事也是一般老百姓，能勸的也勸了，官員要硬來也沒辦法阻止的。一個通事不跟官府勾結幹壞事就算不錯了，要他們爲百姓爭取什麼就別想太多了，畢竟通事也不好得罪官員啊。」張新才語氣直降，表情顯得氣餒。

「怎麼了？」達達注意到了，伸手取檳榔的手滯空停止的問。

「妳別看我們幹通事的風光，我們受不受官府重視，還得看我們往來的番社強不強，影響力夠不夠？陳老爺再三的提醒我，好好經營彪馬社，把妳的地位提升到女王的位階，像他協助西露姑女王那個樣子，那麼我們有機會繼續延續卑南王的名聲與稱號，否則，我再怎麼厲害，我也不過是一個往來漢番之間的普通通事罷了。」

「唉！」達達嘆了口氣，「原先我並不在意拉赫拉氏族的領導權由葛拉勞取代，但是這段時間，老爺跟伊娜的身體垮了下來，番社對待我們的態度立刻有所轉變，讓我感到寒心。這幾天我也在想這件事，就算我挺葛拉勞擔任彪馬社領導人，身爲拉赫拉氏族的嫡傳長女，我也應該想辦法繼續維持家族的尊榮，我要讓自己像個女王一樣。這一點，你必須幫我，就像陳老爺幫伊娜一樣。」達達說的堅定，一顆檳榔硬生生的被捏扁，汁液噴濺濕了指縫。

「妳想怎麼做？」張新才吸了口菸說。

「伊娜要我們弄一個登基的儀式，我想了想也怪啊，她人還活著，我就要來當女王？你腦袋靈活，你看怎麼做比較好？」

「女王的意思也是想趁她還在的時候要妳登基，這是她的旨意，番社內部比較不會有雜音。」張新才清了清菸斗，又塡了一鍋菸。

「我們就利用『母嘎木特』[2]的時間，不以登基的名義擴大辦理慶功，你看如何？」

「嗯，也好，趁節慶來辦理，不用在命名上禮節上傷腦筋。不過，女王還在，我想這一回也就不必用登基的說法了，只要當天乘坐女王的八人抬轎以巡視的方式傳達這個意思，另外，我來找寶桑大街的幾個師父掌廚，好好的宴請四方。」

「這樣好，不過我還是希望事前把訊息傳遞到各番社去，另外，我得設計一下排場，總得把新任女王的這個稱號打響。」達達說。

「妳要不要多找個人幫忙？」

「當然需要，我會找撒米央以及平常伊娜身邊的人幫忙。」

「那最好！」張新才點點頭笑了，「喔，對了，妳……肚子……還是沒動靜？」

「哼，你啊，每天出門忙碌，偶爾還是要多花些心思在這上面的，老祖宗不給，急也沒用啊，你最好把身體先弄好。不說了，我去吩咐那些下人收拾收拾，今晚，我們早點上床休息吧！」達達注視著張新才，想起他四十出頭的年紀又不勤於養身的羸弱樣，感到有些無奈。

□

在撒米央的傳達下，新任女王要登基以及除草疏苗後擴大慶祝的消息，像一塊巨石落潭，那漣漪迅速向外擴散傳遞，驚動了彪馬社名義上的領導人林貴，在極短的時間帶著葛拉勞以及六個氏族族長前來張新才與達達的住家，令張新才夫婦感到訝異。

這兩年，陳安生與西露姑身體的衰敗，使得林貴一直苦惱於他的領導權，該如何突破目前以女王西露姑爲核心的結盟狀態，希望在西露姑不再實際的擔任聯盟的領導之後，領導權能夠完全掌握在手上，架空西露姑家族的同時，還能維持彪馬社作爲區域盟主的地位與象徵。但從去年卡地步與呂家望發生爭戰大打出手，加上西露姑不再出席任何會議以後，原來已經處在瓦解邊緣的「彪馬八社聯盟」，更加的崩解。林貴雖然想盡了辦法想承接維持聯盟的運作，但作爲彪馬社的領導人，在地位上，也就僅僅代表著「彪馬八社聯盟」中的其中一個社，與其他七個社共尊拉赫拉氏族的西露姑爲盟主，林貴的號令根本出不了彪馬社。所以當達達正準備大張旗鼓的辦理活動，風光繼承卑南女王的消息一出，令林貴看到新的可能，快速的在腦海規畫一個方案後，招集相關的人交換意見，一起來見達達。

---

2 三月小米疏苗結束儀式。

林貴的構想是，藉此登基的名義，依照過去荷蘭人在彪馬社召開地方會議的模式，由各氏族依據責任區劃分派出戰士，聯絡所有部落的領導人前來觀禮。在這之前或之後，安排時間讓新任女王巡視主要的盟友，以重新啓動過去聯盟時期的機制，提升彪馬社在各部落的地位。

達達靜靜的抽著菸嚼著檳榔，聽著林貴父子與各氏族族長的意見，緩緩的做出的決定。

達達首先表達是代母巡視各部落，請各部落領導人前來歡樂，是擴大慶祝今年小米疏苗完工祭儀，向各部落傳達彪馬社積極農業豐年平安的盛況。接著，達達同意林貴的建議，由各氏族依照責任區派出戰士傳達訊息。女王巡視的範圍也以聯盟的八個部落爲主，至於巡視的時間定於「母嘎木特」前十天出巡，路線由葛拉勞規畫指揮，同時編組與外圍護衛與抬轎人員；糧食飲水部分，由各氏族派遣戰士編組，每天下午按時送抵巡視部落的巴拉冠；女侍部分，由撒米央編組十六人陣仗隨行。另外，「母嘎木特」的慶祝餐宴，除往常各家備便的餐點，其餘菸酒以及招待貴賓的菜餚全權由張新才處理。

達達沉穩的宣布決定，著實讓林貴大吃一驚。林貴的吃驚在於，達達大規模的編組代母巡視，雖然不是以「登基」的名義，卻明明白白的宣示從今起由她當家的事實，既不踰矩又充分展現王者氣勢。再則，指名由葛拉勞編組護衛隊，也有實際操兵練兵的意涵，恰如其分的宣示葛拉勞作爲未來部落領導人的身分。林貴認爲達達在這個分際之間拿捏得恰如其分，如果不是高人指點，那達達也未免太英明幹練了，未來若能掌握好機會，歷史地位恐怕要在西露姑之上了。

林貴心思不停打轉，笑臉一刻也沒收起來，他看了看張新才又望向達達，心裡欣慰踏實得多，畢竟達達這一次的決定，表明了未來在運作體系上，彪馬社事務還是會交由葛拉勞全權處理，而女王僅作爲盟主的象徵，由林貴過去一手建立的領導體系，也不至於一夕崩潰。

「各位長輩還有什麼疑問嗎？」達達吸了口菸，吐出檳榔渣之後，眼神環視在場的每一個人，開口問。

「關於糧食飲水……」一個長老欲言又止。

「嗯，各位長輩別多心，不是要折騰各位！我們彪馬社的情況大家都很清楚，這十幾年經歷兩次瘟疫，先後陸續遷移到現在的位置，我們像傾倒了的大樹，忙著重新站穩，別的番社卻從來只是瞪著眼睛觀望我們，早就不把我們放在眼裡，走到哪裡都聽得見輕蔑的聲音，歲租不繳的，勞役不派的，一個接著一個，我們再不做點什麼，恐怕日後再也沒機會扳回來了。」達達眼神又環視一圈，繼續說：

「要各氏族準備糧食的意思，一方面是要逼得各家的巴拉冠好好整頓自己的萬沙浪，一方面藉著這個機會，展現一下我們這兩三年以來已經恢復的實力。」

「嗯，達達的想法很好，我們也該讓番社的萬沙浪們動一動了。」巴沙拉特的族長沉著臉說。

「是啊，再不派人去活動活動，說不定連我們自己也要忘記怎麼走到那兒了。」沙巴彥氏族族長也表示意見。

他們倆早就想派人向縱谷地區行動，只是這兩年彪馬社瘟疫後的重建緩慢，加上過去幾年呂家望與四十幾個客家庄、平埔部落往來逐漸變得密切，幾個傳統屬於巴沙拉特氏族收繳歲賦的部落，有些已經猶豫要轉向與呂家望結盟。

「就這樣吧！我看達達早有規畫，我們大家就配合著做吧！藉這個機會，我們讓彪馬社所有年輕人動一動，也提醒那些早已經忘了規矩的番社，現在，我們還是盟主。」林貴加強的說。

「如果沒什麼其他的意見，大家分頭準備吧！葛拉勞你盡快把計畫準備妥當，跟阿雅萬報告之後，來一趟跟我研究該怎麼分配工作。」達達說。

「姊姊打算什麼時候出發？」葛拉勞問。

「我請教了部落祭司，他的建議的時間算來還有十幾天，你規畫一下，出巡前，我希望各個氏族先行派出人員通知所有番社，關於我的巡視以及宴請的事。另外，今年小米疏苗的順序更改一下，我名下那塊小米田最後執行，至於確定的時間，我請撒米央協調了有小米田的各家種植戶之後公開宣布。」

「嗯，姊姊放心，我盡快把這件事處理，與阿瑪[3]報告後，回頭向妳報告。」葛拉勞說。

「對了，阿瑪，您貴爲本社的阿雅萬，理應由您發號施令，晚輩斗膽向您請罪，希望這回就由我跟葛拉勞全權負責，您跟其他長輩在旁監督指正即可。」達達轉向林貴說。

「哈哈哈……」林貴聽聞，忍不住大笑，「達達啊，這一回你們放手做吧！也該是你們兩個把彪馬社扛在肩上的時候了，妳放心，這一回各氏族的調度，都照你們的計畫，我們幾個老人只等著那天好好的喝酒，享受新才安排大街來的美食，是不是啊，各位族長。」林貴的話引來幾個氏族族長的出聲附議。

「嗯，大家放心，這一回一定讓大家好好吃喝，參與的來賓也請葛拉勞兄盡快的確認。」一直沒說話的張新才開口說。

「對了，新才，出巡的事，你跟官府先打個招呼，說明我們只是好好的聯誼，與其他番社做良性的連結，並宣達官府的德威。」達達說。

「妳的顧慮是對的！免得他們疑心什麼。」

達達的出巡在三月八日，葛拉勞的規畫是：第一天先巡視「彪馬八社聯盟」中的阿

3 父親，對父執輩的敬稱。

美族番社，並以東邊的阿美族「馬蘭社」[4]為起點站。然後涉越過卑南大溪到北岸的猴子山社[5]，再轉往北抵達「利吉利吉社」返回彪馬社。

第二天訪視西方的「檳榔樹格」[6]、「阿里擺」[7]與縱谷的「北絲鬮社」[8]然後返回。

第三天則安排西南邊的呂家望與卡地步社。每天在太陽埋進西側山頂的雲霧前的時間拜訪完各路線的最後一站，並分別安排一場簡單的餐宴。

但最初的計畫與後來實際出巡的陣仗，稍稍做了些調整，原因是沙巴彥氏族派出一隊前往縱谷地區宣達訊息的戰士，在雷公火社遭遇當地青年的挑釁。礙於對方人多，彪馬社的戰士，以幾近屈辱的被驅逐姿態，邊抵抗邊離退。雖然第二天一大早，雷公火社的領導人派人前來解釋是一場誤會，但是達達不接受，要雷公火社領導人當面給個說法，時間就選擇在第二天巡視的下午時間，地點就在在北絲鬮社的餐宴場合，否則，後果由雷公火社自行負責。

因應這個決定，達達與葛拉勞研議將第二天巡視的護衛編組順勢擴大，除了攜帶長矛之外另帶四十枝火繩槍隨行。達達的決定，讓原本沸騰到亟欲開戰的彪馬社戰士，頓時穩定下來。幾個巴拉冠實際指揮戰士的領導人，了解到達達的用意，除了積極備戰編組人員，也表達效忠達達的態度。幾個氏族族長與林貴，雖然擔心擦槍走火，卻也覺得需要採取強硬立場，當下的猶豫間，也被達達堅定與不退讓的態度所震撼。

第一天巡視出發的清晨，部落東門的鳥占區[9]傳來喜訊，彪馬社領導人林貴早就帶領著各氏族族長，在部落東面出口列隊歡迎。只見達達乘坐著女王西露姑的八人抬大轎，轎前後各四名佩刀女侍，另八名佩刀女侍夾雜在抬轎人之間，撒米央則隨侍在轎子旁。抬轎預備組的八個人則跟在女侍後方。護衛的三十名戰士高舉長矛，抬著致贈各社的禮物，前後分成兩個部分隨行保護。

第一站來到東方約三公里屬於阿美族的馬蘭社，領導人馬漢罕早已經率領長老們列隊歡迎。彪馬戰士長矛上特有的幾道白色流蘇，以及八人抬大轎前清一色佩帶長刀女侍的清麗景象，讓達達下轎子的當下形成了一股鮮明的平和視覺。馬蘭社幾個長老們都睜大了眼睛看著身材並不突出高大的達達，與葛拉勞一起走過精壯的彪馬戰士前，朝他們而來。

「終於有機會親自向您問好了，馬漢罕達邦[10]。」達達幾乎是半仰著頭看著身形高大的馬漢罕以阿美族語問好。

「馬漢罕達邦，想一想，我確實很久沒向您問好啊！您的身體還是壯得像山一樣

---

4 今馬蘭部落。
5 今之富山部落。
6 今之下賓朗部落。
7 今之頂永豐，又稱上賓朗部落。
8 今之桃源村，十九世紀時為初鹿社的主力部落。
9 出門行止前以鳥鳴叫聲判定凶吉的占卜方式，每個部落出口都會設有一處聆聽鳥鳴的區塊。
10 等同頭目稱謂。

啊！」葛拉勞也以阿美族語先行致敬。

「呵呵……我們也終於有機會看到傳聞中的達達，妳眞是讓人難以想像啊。」馬漢罕笑著以卑南語回答，「我的老朋友葛拉勞，你也來了！來吧，一起到我們番社裡來吧。葛拉勞我就不說了，沒想到達達的阿美族語也學得這麼道地。」

「呵呵……馬漢罕達邦您說笑了，彪馬、馬蘭兩社，彼此間的相互學習還少得了啊？」達達微笑著回應。

馬蘭社是台東平原最大的阿美族盟邦，也是彪馬社與寶桑大街之間的重要合作夥伴，去年（一八八七）起，陸續由靠近海岸的舊部落遷來。過去，兩社居民往來頻繁，雖然偶有衝突，但大致都維持著良好的關係，加上三十六歲近四十的馬漢罕極力主張與彪馬社維持良好關係，因此在無傷大雅的糾紛上，馬蘭社總是讓著彪馬社的，這一點葛拉勞、達達都清楚，因此在拜訪八社聯盟的途中，特意選擇馬蘭社作爲第一站，以表示重視。

在青年漢子的引導下，眾人進入馬蘭社主要的集會所，馬漢罕早已命人準備了些水酒等候慰勞，在大約兩小時的交談，彼此交換了關於部落重建、農業技術交流、紛爭處理、同盟關係維持等等意見，會場不時爆出幾位長老的開懷大笑。

「各位長老們，非常謝謝給我這個機會到這裡，向大家報告關於彪馬社的情形，我也代表女王邀約各位長老，慶典的時間能到我們社裡來，大家好好喝上一杯。」達達做了結束致詞。

「是啊！在這樣的局勢下，各番社之間的聯誼還是需要的，這一點我們還需要馬漢罕達邦以及各位長老的指導啊。」葛拉勞補充說。

「兩位都客氣了，你們不來，其實我們也都在猜測未來的女王究竟是怎樣的人，我們大家一直猜不透未來彪馬社會產生怎樣的領導人；從今天的會談，我個人覺得是一個好的開始，不，是好的延續，延續過去我們兩社的情誼。你們年輕人可要好好的珍惜把握啊，爲兩個社的福祉一起努力。」一個長老說。

「嗯，我同意，而且我建議我們幾個老人，一定得跟著出席參加這一回的慶功宴啊！」另一個長老也說。

「是啊，各位一定要來，屆時，我們的阿雅萬林貴一定帶領我們所有的長老，陪各位好好的喝酒閒聊。」葛拉勞回敬的說。

「各位還有路程，我們也不好繼續耽誤時間，就讓我們送各位一程吧！」馬漢罕笑著起身相送，達達等人也不客套，鄭重告別後在馬漢罕引導下走向馬蘭社北方的出口。

出了部落出口，馬蘭社一隊約二十個人的漢子穿著極少的布料遮蔽著身體，攜帶繩索、竹竿安靜的集結待命著。而彪馬社的戰士們執起長矛朝天，前頭的隊伍已經站定位，抬轎的八個漢子，正安靜無聲地蹲屈就位待命，佩刀的女侍們也紀律地直挺挺站立在各自的位置上。

「達達呀，請諒解我的不禮貌，有一件事，不知道方不方便問妳？」馬漢罕忽然說。

「馬漢罕達邦，什麼事您就別客氣的說吧！」

「是這樣的，我們都知道了關於雷公火社那些年輕人不禮貌的事了，我知道我們也沒什麼立場去過問你們怎處理這一件事。」馬漢罕極力保持著笑容，看著達達說：「年紀大了，我可能也多想了，我可是衷心期盼這件事能平和的落幕，妳能稍稍網開一面啊。」

「嗯，馬漢罕達邦，我了解您的用心，這也是我們這麼敬重您的原因啊！」達達說著，先鞠了個躬，「我們已經派了人去告知，明天下午我會在北絲鬮社北方設一個簡單的宴席，請雷公火社的達邦來一起喝個小酒大家聊一聊。年輕人衝動容易有摩擦，這不是什麼大不了的事，作爲領導人，我們應該要好好的溝通啊，畢竟番社之間還是要彼此尊重與相互提攜的。」

「呵呵……這個我了解，但願雷公火社能好好處理，不要橫生其他的枝節了。」

「馬漢罕達邦，我是個直腸子，有些話我也不喜歡拐彎抹角的囉嗦、要心機。明天出門，我會帶著六十個精挑的戰士，帶著四十枝裝箱的火繩槍出巡。我不是準備要爲難雷公火社，或者挑起更大的紛爭，我只不過是要一個說法。」

達達微笑說著，令馬漢罕以及眾長老們倒吸了一口氣，萬萬沒有想到，年紀輕輕才二十幾的達達，竟然可以這麼沉穩堅定又不帶殺氣的表示，要是雷公火社不好好說明或另有企圖就毫不猶豫開戰的強硬態度。

「喔，達達別多心，站在同族同胞的立場，我總是關心雷公火社，避免採取不必要的行動傷了和氣；站在同盟的立場，也期待您的決定對整個區域是有正面的助益啊。」

達達眼光環視了眾長老，心裡稍稍不悅，臉部表情仍維持著親和，笑著說：

「呵呵……馬漢罕達邦，各位長老，請放心，我自有分寸的，能不發一槍一彈，我絕不無謂的浪費喝酒唱歌的時間，雷公火社有不少好聽的歌，不是嗎？」

馬漢罕心頭一揪，心想達達既不反駁也不妥協，卻異常堅定的表明行動意圖，果然是個慧黠剛強的女子。馬漢罕眼光不自覺掃過彪馬社整齊排列的戰士，以及佩刀女侍那種紀律與堅定眼神，不禁爲雷公火社擔憂。

「喔，我相信您一定會採取英明的處理，我看，時間也不早了，我編組了一隊年輕人，協助大家涉渡卑南溪到猴子山社，祝大家一路順風啊！」馬漢罕欠了欠身說。

「謝謝馬漢罕達邦的費心協助，期待到時能讓小女子好好的敬您兩杯！」達達說完，鞠了躬轉身進入轎子。

「馬漢罕達邦，各位長老，冒犯之處，請多多包涵，幾天後，彪馬社全體長老將恭迎大家！」葛拉勞也鞠躬告辭。

在撒米央清亮渾厚的起轎聲下，達達的巡視隊伍在長矛白色流蘇的連結飄動下，浩浩蕩蕩的向北出發。

馬漢罕望著隊伍遠去，忽然感慨的說：「六十個精挑的戰士，帶著四十枝裝箱的火繩槍？唉，說她年輕，想法都比我們這些老人想得更深更遠。看樣子，我們恐怕還要繼續在彪馬社底下忍氣吞聲許多年了！」

「要不要派人去跟雷公火社說一說？」一個長老問。

「當然要，達達的話都說得明白了，雷公火社如果不打算解釋賠罪，那四十枝火繩槍就要開箱亮相了。我們要是聽不懂，不管雷公火社的死活，我們馬蘭社日後也別想抬頭見人了，這個達達果然不是我們想像得來的女子啊。往後我們更應該多多與他們緊密的合作，能不起衝突便不要起衝突。」馬漢罕搖搖頭，輕皺著眉頭，環視幾個長老，又遙望彪馬社的隊伍。

達達第一天的巡視行程，由猴子山社轉到彪馬社北方六公里的利吉利吉社，簡單的享用後勤隊送來的餐飲之後返回彪馬社。第二天巡視的護衛編組順勢擴大到六十名，除了傳統十二尺長的長矛之外，還同時攜帶四十枝火繩槍，以蓆子包裹裝箱備用。

在轎子周邊護衛的編組前方，組成二十名配著刀執長矛的戰士提著四口長箱子；轎子編組後方，則跟著三十名佩刀執長矛的漢子也提著四口長箱子。另外這個陣仗前約兩百步的前方，編組十名佩刀攜帶弓箭的前方警戒。

這樣的編組浩浩蕩蕩，在清晨做完鳥占後，由部落西南側出口離開，經過「撒古板」[11]、卑南山，造訪「檳榔樹格」以及「阿里擺」兩社，而後轉向北進入台東縱谷，約在中午時間抵達「初鹿通谷」[12]，因事前已經向官府打過招呼，沿途並未引起地方官廳的干擾與疑心。

稍作休息之後，在太陽偏斜過肩頭時，離開初鹿通谷進入北絲鬮社巴拉冠外的廣場，隨後由彪馬社巴拉拉特氏族派出的後勤支援隊也抵達送來餐飲，並設置會餐區，預計在會談過後，供北絲鬮社的主要長老與彪馬社人員一起用餐。只見會餐區四周豎起了彪馬社特有的圖繪長矛，白色流蘇在山風逐漸流動的下午時分，輕輕的飄搖著，有幾分閒適與平和氛圍。

雷公火社的領導人來了。

就在會談結束，長老群起身移動前往接鄰的會餐區時，由巡察的漢子通報，雷公火社的領導人帶著三名隨侍，出現在北絲鬮部落北方入口。

葛拉勞幾乎是第一時間就起身前往迎接，達達更是在會餐區的座席上起身微笑著等候，令雷公火社的領導人感覺渾身不對勁。他偷偷四下打量會餐區，發覺除了四口已經開箱裝置禮物的箱子，另外還有四口可疑的長箱子，正刻意的被排列在餐飲區入口兩側顯眼的地方，上頭只有油漬沁入木紋的痕跡，沒有其他任何符號與註記。他警覺到，這

11 今日南王部落現址。
12 今之初鹿。

些箱子可能正是馬蘭社通報的四十枝裝箱的火繩槍，意味著彪馬社有可能隨時翻臉採取進一步攻擊的證據。他心裡有了幾分明白，立刻解釋前次雷公火社的青年攻擊彪馬社的傳令人員，純粹只是誤會，他已經嚴懲並告誡其他人不准再有類似的情形發生。

達達與葛拉勞只是微笑著聽著，後來由葛拉勞代表沙巴彥氏族族長接受道歉，並引導雷公火社領導人一起入座飲酒隨後擊掌歌唱。

會餐結束，太陽已經埋進西側山稜線上的雲霧多時，而大量的天光仍不時穿透雲層不密實的邊緣，向四周散射，天還是亮著，但陽光早已不再直射眾人。原本打算露營以便第二天發動攻擊的巡視隊伍，在雷公火社領導人前來說明原委後，決定返回彪馬社。北絲鬮社距離彪馬社十三公里，巡視隊伍在天完全黑以前便都回到了社內，領導人林貴與其他長老已經等在部落入口迎接，張新才也在其中。

白天的行程由葛拉勞簡單的報告之後，達達的大轎子與女侍也轉往西露姑女王府之後解散。女王西露姑與陳安生早已經熟睡。

「才天黑不久，他們就已經熟睡了！」走回家的路上達達搖搖頭說。

「這情形也不是三兩天了，他們的身體確實垮了，日後番社的許多事也必須靠我們自己啊。這兩天妳辛苦了！」張新才說。

「哪裡，你才辛苦，裡裡外外的打點。」

「這不算什麼，倒是你們這一趟出巡，所面對的問題比預期的多，但都是很重要的過程，我想他們都認識妳了，就剩明天走訪南邊兩個大番社，那恐怕更有意思了。」入門口前，張新才趕上達達先行進入屋子。「妳先休息盥洗一下，待會兒仔細跟我說說妳所看到的縱谷地區的狀況。」

「也好吧！」達達應著，心裡想到明天要到呂家望，隨即聯想到布昂，臉一陣燥熱。都快一年了，不知道他現在好不好。她心裡嘀咕著，閃起了布昂去年那一張已經失去情緒，沒有表情的臉。

第三天清晨，達達已經上了轎，所有參加巡視的編組已經列隊完畢，等待出發命令，但鳥占區傳來的訊息不吉利。

「還要繼續出發嗎？」葛拉勞問了問早已經列隊歡送的長老群們。

「這等事，你說能違反嗎？打從祖先見到太陽月亮以來，就遵守著這樣的禁忌，能不遵守嗎？」一個長老說。

「也許時局不同吧，百朗來了，規矩可能也會稍稍改變吧？我們老啦，看不清楚也不懂爲什麼這些鳥兒，這麼不識相，叫個吉利的聲響鳴叫多好呢？」

「呵呵……老人家啊，你說的話怎麼這麼會轉彎？你是說鳥呢？還是罵人啊？」

守在前頭的林貴回頭看了一眼那說話的老者笑著說，眼光順勢延伸望向所有隊伍，只見長矛尖頸的白色流蘇，在日出前的陽光映照下，像零散的雲朵，由前向後穿過八抬大轎直抵後方，形成白色連線的天際線；戰士佩著刀發亮的胸肌，對稱著佩刀女士的黑色短上衣上的彩飾，漢式雕鏤的無頂八抬轎矗立在其中感覺美極了，莊嚴極了！

「你們看看，我們強壯精實的萬沙浪，我們這些美麗強悍的佩刀女侍衛，哪個番社可以比擬？這麼壯盛的巡視行列，我看也只有在彪馬社才有可能出現，以這樣的華麗威武出巡，我不相信別的番社不會受到感動而心生仰慕。這一點，我不得不稱讚達達腦筋動得好。要是不能成行還眞是可惜了。」林貴說。

「但是，今天的鳥鳴不吉利，強行出門不會有好的事發生的。就算我們的隊伍再怎麼華美，領導人再怎麼英明，老祖宗的說法自然有他的道理的。」那老人顯然不放棄自己的想法。

「我問問看達達的意思吧！」葛拉勞說。

「我去跟她說好了！」一直沒說話的張新才覺得尷尬，應了話想順勢離開。

張新才才說完，轎子已經欺近，接著抬轎人都低下身子，轎子向前方傾斜，達達走了出來，朝著林貴等人的位置走去。

「達達，我們要繼續嗎？」葛拉勞問。

「我們不是非要在這個時候找人拚命，可以不顧一切的出門。出巡是一件喜事、大事，既然鳥占不吉利，這事就該要暫緩的，今天不行，明天再來。」

「嗯，也好，就當是給大家休息一天吧，大家辛苦了！」林貴順著話說。
「不能出門，大家也就不要勉強。今天不能出門，也別浪費時間在其他雜事上面，大家就各自回家下田幫忙家人！葛拉勞，就由你宣布解散吧，明天我們再來試試。各位長輩，眞是麻煩大家了。」達達說。
「哪裡！你們做得很好，這事也別急，就順著老祖宗的意思吧。」一個老者滿意的點點頭說。
「各位長輩，我們先走了！」
達達告了退，領著張新才往回家的路上走。而日出正巧由太平洋海面冒起，太陽光束越過整個彪馬社上空，向西燒上了呂家山、大巴六九山的稜線，一道水平的橙黃光影色塊，清晰的對照分隔出整個山腳的黛藍色澤，幾個世代隱藏在那兒的部落，因而顯得靜謐與平和。達達下意識回頭看了一眼，說：
「明天去也無妨吧？」
「明天去？」張新才不自覺的接話。
「怎麼？剛剛不也是這麼說的嗎？都計畫好了，不去怎麼成？」
「是這樣的，但我總覺得不安心。」
「不安心？」達達沒來由的想起布昂，心裡一陣虛。
「嗯，這兩天我與他們的通事碰過面，談起他們一些事，我也藉機去了那兒。我們一致認爲，呂家望正在瀰漫著一股氛圍，他們瞧不起卑南廳官府，也瞧不起我們幾個大的番社。」張新才壓低著聲音跟在達達後方說。

「你是說，呂家望瞧不起我們？呵呵……這不是第一天的事啊？」

「沒錯，這的確不是第一天的事，上一回我們協助官府前去溝通薙髮的事，他們就已經這樣了，但現在更強烈。知道妳要巡視幾個過去的八社聯盟，有些年輕人放出了風聲要阻止妳進入他們的領地範圍，就算進去，也不讓妳從他們主要的番社入口進出，所以我擔心啊！」

「呵呵……這些年輕人喔，難到他們的阿雅萬也是那樣想的嗎？」

「這很難確認是不是那樣，從來都是小鬼難纏，壞事的都是這些毛躁的小鬼引起的，什麼時候誰給妳放個冷箭捅妳一刀的，誰又知道。」

「嗯，這倒是一件必須注意的事啊！」達達停了停，揮手跟經過的親友打招呼，「難道今天的鳥占，跟這個有關？」

「鳥占的事，我不懂，但是人情世故我懂，人心險惡我懂。這兩天的觀察，我認爲呂家望不一定是針對妳，而是一種強大番社的態度與傲慢。他們已經不把任何人放在眼裡，我甚至親眼看到他們的漢子，爲了誰先過馬路，大打出手。」

「這……男人逞凶鬥狠是很正常的吧！」達達不願這麼快下結論。

「大打出手的確不是什麼大不了的事，但是打架的兩個人，一個說要把你當成彪馬人一腳踹進水溝，另一個更不屑的說要把你當成卡地步人打得跪地求饒；而旁觀的人居然喊著要他們像個呂家望的男人，把對方打到忘記太陽的方向。這個情況，不就明明白白的說明，現在的呂家望上上下下都沒把鄰近的番社看在眼裡。」

「這……的確是如此，不過，越是這樣我越要出現，隊伍越要浩浩蕩蕩的去巡視，讓他們知道，八社聯盟仍然存在，彪馬社仍然是盟主，未來，我達達是聯盟的女王。」達達忽然黛眉一縮連成一線。

「不僅是呂家望，我還要更往南巡視卡地步，看看他們的態度。總不能因爲百朗的官府來了，大家只管自己的面子，想自己的好處，番社之間的情誼就不顧了，」達達又說。

「哎呀，我也不是阻止妳，多少憂心罷了！我們漢人說：不入虎穴，焉得虎子，意思大致也是這樣，妳要是退縮不進一步採取行動，一個不小心就要被邊緣化，退出領導圈子了。」張新才說著說著，以閩南語說了一句成語。

「什麼？你剛剛唸什麼？」達達停下了腳步回頭問。

「我是說，想吃山豬肉，妳得下狠勁兒去狩獵一頭山豬，妳不可能在家裡等著一頭肥嫩的豬上門，請妳吃了牠。」

「是這個意思啊？你別尋我開心啊！」

「呵呵……就這個意思啦！快走吧，回家吸個菸休息一會兒，我還得去寶桑看看打狗來的戎克船帶了什麼新鮮貨，我給妳買個什麼當禮物吧。」

「眞的嗎？」

「呵，我是個愛開玩笑的人嗎？」

「你的確不是愛開玩笑的人！」達達說，心裡浮起那個愛說笑的布昂，又活生生的吞下「你是個無趣的人。」的話。

「新才！老爺！」

「怎麼了？」

「謝謝你！」

「妳沒事吧？」張新才被達達忽然溫柔的語氣搞迷糊了。

「沒事！你注意安全吧！」達達收起了先前的口氣，自己也不好意思起來了。加快腳步離去。

第七章

呂家望事件

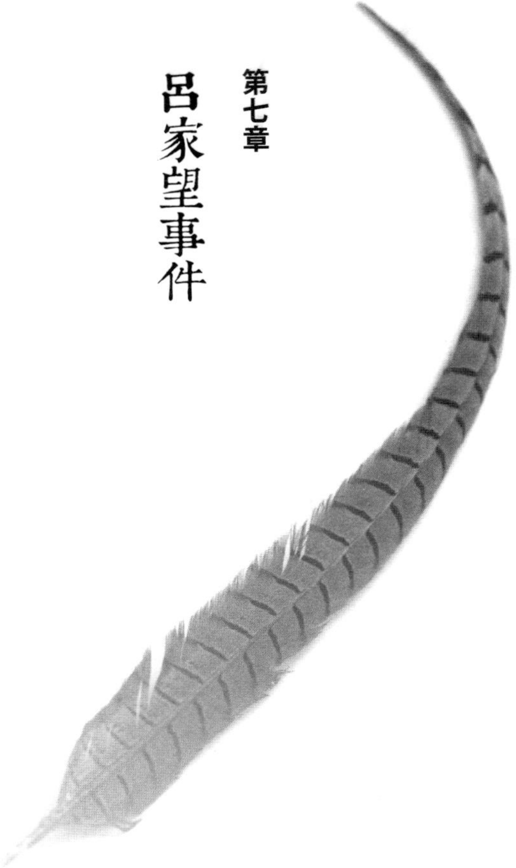

達達往南巡視的計畫，終究沒有實踐。因爲隔天鳥占區傳來不吉利的鳥鳴結果，再隔天，整個平原忽然落了一場大雨，鳥不鳴狗不吠的，豆大的雨滴把所有人給打回家躲雨。還好三月十一日，小米疏苗完工的慶功宴，一如規畫，在張新才的幾位大廚師的絕妙廚藝與幾近無限量供應的清澈米酒中，讓來自數十個部落的領導人，以及彪馬社居民度過了一個等同全部落性的大慶典，讓達達覺得稍稍彌補了無法完整巡視的遺憾。而隨後張新才爲她牽來了一匹雛馬，自然也讓達達感到歡心。

「有人帶了幾匹馬到官府，剛好他有匹一歲多的小馬試著要賣，我商討跟他便宜買了下來，我打算將來給妳當坐騎的。」

「坐騎？你說跟官府的統領那樣騎著？」

「是的，我早就想這麼做了，去年陪著官府去呂家望，我一路觀察，覺得妳騎馬的威武態勢絕對比得上張統領。加上妳不喜歡坐轎子，我想騎馬應該更適合妳。」

「聽起來很不錯，不過這馬可得養個幾年才能騎吧？」

「是啊，妳這兩三年好好的養牠，培養感情，過兩年我再找人教妳怎麼騎馬，日後巡視其他番社，妳就騎馬去吧！」

「啊呀，你對我眞好啊！」

「還能對妳不好嗎？妳是女王耶，沒把妳打造成眞正的女王，我的事業版圖也不可能眞正的擴大起來，這是我幫妳，妳幫我。」

「唉，你就不能說點討我歡心的話，什麼事業版圖的，你當婚姻是買賣啊？」

「哈哈，妳別生氣，我是漢人，你們說的百朗。關於妳說的愛情我還眞不懂。一個男人娶了一個女人，把事業做大了，讓家人吃好了穿好了，我的責任就盡到了，說得親近一點，上個床努力生一群小孩，也算是盡到責任，哪來你們番人那麼多愛的情的，這能當飯吃嗎？」

「閉嘴！愛情……唉，這個怎麼說啊，反正……哎呀，我說不過你啦！」

「妳也別怨我了，我們這些到寶桑街上來的百朗，的確是不懂也不需要懂這些，我們顧著討生活做事業，餓了吃睏了睡，沒賺到錢掙到土地，其他的也沒什麼意義了，若眞有掛慮的，大概就是生個兒子將來好傳宗接代吧！」

「別說了，關於生個兒子將來好傳宗接代的事，我什麼都正常，也沒找過你以外的男人，生不出個孩子，你也別怪我了。倒是你，你跟我說實話，你的身體有沒有問題啊？」

「我……」張新才愣了，隨即摸索著腰間掛著的菸斗、菸袋，塡了菸絲點火吸菸。時間似乎停頓了老長的一段。

「我想了想，我都一把年紀了，過去往來西部賣番產，也少不了要進查某間[1]取樂

1 窯子。

慰勞自己，住在寶桑街還沒討妳過門以前也有個相好的，我確實想過生孩子這件事，卻一直沒動靜。這兩年跟妳結婚，想跟妳生個孩子的念頭更是強烈，我找過寶桑街的草藥鋪開了不少帖子藥方，抓了不少漢藥補身體。如果妳的肚子仍然沒有動靜，恐怕眞是我這老骨頭出了問題，這一點我也弄不清楚啊。我看，下一回去了枋寮或者打狗，看看有沒有洋人使用的藥試試。」張新才吸了菸又吐了煙。

「這事慢慢來吧！也許是我有其他毛病，不完全是你的問題吧。你就多休息，好好調養身子，我還年輕，我們再拚拚看吧！」達達也不忍心了，看著張新才說。

這是連續幾天下了細細霏霏斷斷續續梅雨的五月中，張新才與達達不出門的日子，閒談起這段時間的喜悅與憂慮。最後話題還是回到了兩人不太願意提起，卻每天都想克服的關於生育的問題，兩人都感到尷尬。

「雨不大又斷斷續續的，我去撒米央家走一走，也許她有什麼好法子！」達達說。

「也好，我得靜一靜，把縱谷的情勢好好想想，出門注意天雨路滑啊！」

「嗯！」

達達取了外牆上的簑衣，戴起了在寶桑街買的斗笠，出了門走過幾戶人家，把撒米央找了出來。事出突然，急得撒米央佩了刀，取了簑衣跟著達達朝部落南邊的旱作田走去。

「怎麼了？小姐！這雨天的，妳往這裡走來。」

「沒啥事，想找人說說話拿個主意，整個彪馬社，我能想的也只有妳了。」

「哈哈……別客氣，我早說過，有什麼事妳儘管開口，儘管老了，替妳跑跑腿還不是問題。」

「謝謝妳，自小到大，大大小小的事都麻煩妳，妳的確叫我安心啊！」

「出了什麼事嗎？女王雖然不下床，她的狀況還挺穩的呀。」

「沒出什麼事，我也不是找妳談伊娜的事。」

「那……」撒米央停了一下，看了達達泛紅的臉頰，「是布昂？」

「嗯！」達達低下頭說。

「哎呀，ㄚ頭啊，妳怎麼就是不死心啊？」撒米央從袋子取了兩顆檳榔，抹了石灰裹上荖葉，給了達達，自己也塞一顆進嘴裡，「上一回我找人去問，他已經結婚了。」

「什麼？妳不是說他只是打算結婚？」

「那是上上一次。最近傳來他結婚的消息，我找人去確認了！」

「那……怎麼就結婚了呢？」達達說著，把檳榔塞進嘴裡。

「妳都結婚了，他還能不結婚？你們又沒婚約，誰也沒跟誰講定什麼事，誰能結婚誰不能結婚啊？」撒米央吐掉第一口檳榔汁液，白綠清香味道瞬間散瀰。

「哎呀！這是……」達達眼眶幾顆淚珠忽然掉了下來。

「耶，妳幹什麼？」撒米央顯然被達達嚇了一跳，停止了咀嚼。

「我們確實沒有婚約，連親近說說心裡話的機會一次也沒，但我總是想著他啊，想著他那開朗幽默的言語與態度，我甚至幻想著有一天招他進門變成我的夫婿，然後生一群小孩。」達達抬起手臂拭淚，眼淚卻又更不聽話的直掉落。「可我卻從來沒有機會跟他說這些，撒米央伊娜，妳知道那是多嘔人的事啊？」

「妳也可愛了，從來沒跟人家說什麼，卻自己偷偷愛人家，妳現在都已經是張新才夫人了，妳還想怎樣嘛？」

「我還能怎樣啊？我就這麼想著一個人，愛著一個人，知道他結婚變成別人的丈夫，我一顆心卻像是掉進卑南溪裡，沉下去也不是，翻騰著流動著入海也不是，總是……總是捨不得嘛，畢竟……他是我唯一想要過的男人。」達達又掉淚了。

「ㄚ頭啊，說妳糊塗，看妳處理番社之間的事，明快決斷，令所有番社領導人睜個大眼佩服得不得了，怎麼談起自己的感情，妳卻糊裡糊塗了！別說我當下人的說話沒大小，小姐啊，妳還真是讓我搞糊塗了！」

「撒米央伊娜，我總是個女人啊，心裡藏個人，又怎麼能說忘就忘，我原先還掙扎的想，老爺身體不行，想問妳看看我能不能懷布昂的孩子……」

「哎呀，說妳糊塗，妳還真往爛泥裡鑽啊？這事怎麼能做呢？妳領養個孩子，或者一輩子沒子嗣都成，就是不能幹這事，妳是彪馬社未來的女王啊！」撒米央直接打斷了達達的話。

「我知道啊，我也只是這樣想想啊，我總是個女人，愛個人，能懷上他的孩子總是一件美麗的事啊。」達達的語氣極柔。

「美麗？這個事美麗？哎呀，ㄚ頭啊，看妳說話的語氣，軟綿綿的，即使這事在我看來一點也不美麗，也要被妳唬弄得變美麗了。這當頭，妳是結婚了，他也結婚了，再美，妳也別想太多啊。」

「唉，我知道，即使他不結婚，這事也做不得呀。只是想起來就覺得甜蜜，想起來就掙扎，我只想找人說說這個心情，而也只有妳可以聽我說這個。唉，我終於體會伊娜每一回提及我的阿瑪安賽時的那種甜蜜幸福感，我現在就是那樣啊！唉，愛情啊！」

「好好好，妳愛說就多說吧，女人碰上了愛情，沒幾個不昏頭的。」

愛情的確叫人昏頭。

撒米央與達達一老一少的，並排著走在部落南側的旱作田旁的聯外道路上。泥地路面因為幾天連續的雨而形成的幾道逕流，已成了交錯的小小的氾濫的溪流，使小泥石路成了爛泥。而道路外，幾處結實纍纍的小米穗因為下雨，少了平日一群群的麻雀啄食，也顯得冷清。兩人往外走了約五百步抵達幾棵苦苓樹後，折返部落入口，再緩步走回那些苦苓樹。兩人身子濕了一大半，赤腳履地，腳趾甚或腳踝結著一坨坨爛泥塊，遇水洗去又結，結了又沖刷。撒米央也不忍心阻止達達的反覆訴情與傷感流淚，只暗暗嘆氣，這個英明果決的年輕女王，這個性格剛烈的豪邁女子早已經讓愛情敲昏了頭。

愛情的確叫人昏頭，但時局卻從不爲誰的心情停滯或誰的規畫而循例上演。

一八八八年（光緒十四年）六月初，從縱谷地區傳來一則驚人的消息。

新鄉大庄[2]撫墾局委員雷福海平時逞威淫慾，欺壓良善，收歲租嚴苛又不給緩衝時間，早就引起附近幾個被徵收的粵庄、福老庄、平埔社民的普遍不滿與怨憤。近日，因爲在大庄催繳時，態度蠻橫與不通情理，有些庄落村民希望以穀物抵繳沒獲得允許；居民退而求其次，希望撫墾局能允許延遲寬限幾天，也被雷福海喝斥，甚至將未繳納的平埔社番民拘禁了起來，引起了相當的反彈。現在已經有不少的庄落聯合起來，共同推派領導人指揮，準備對抗官府。

這個消息驚動了彪馬社幾個氏族，沒等林貴招集，幾個族長全都擠進林貴狹窄的院子。

「張新才應該比較熟悉那裡的狀況，這幾個月來，他已經提及了好幾次這個狀況，這件事，他恐怕早就看出個道理來了，我看，我們去他那兒好好商議一下吧！」林貴說。

一行人走進張新才、達達的家，大致是在下午兩點左右，天氣熱陽光赤，達達只得在院子外道路旁幾棵檳榔樹所形成的樹蔭下，招了僕役擺置桌椅，準備檳榔菸草。葛拉勞也招呼跟來聽差的幾個年輕人，把周遭雜草稍稍清除，使空地變大。

「新才啊，你倒說說看，爲什麼你們百朗的官員這麼不通情理，欠租日後補繳不就得了，需要這麼苛刻對付老百姓啊？」一個長老耐不住，沒等坐定位開口便問。

「是啊，土地這麼大，庄落番社這麼多，收的歲租加起來也不會少，就算讓那些繳不出的番社庄落免繳個幾年，應該也餓不死這些官員。我們各氏族也都是這樣收歲租的，怎麼你們百朗就不行呢？」一個長老也補充說。

「是啊，土地以及莊稼都是這些人開墾種植的，官府沒幫上什麼忙，也沒帶來任何一塊泥土，卻要還收租稅，這有什麼道理啊，要收，也應該是我們這些氏族來收才是啊！」巴沙拉特族長厲聲的說。

「哎呀，各位別急，旁人不明白，聽了還以爲是新才幹了壞事呢。大家先都坐下來，好好抽個菸嚼個檳榔，讓新才喘口氣慢慢說給大家聽吧。」林貴制止了大家。

「是啊，各位長輩，先都坐下抽菸吧，這些菸都是剛從寶桑街上買來的新貨。」張新才陪著笑臉，「大家聽來的消息都是眞的，目前南鄉擺子擺[3]、新鄉大庄、奉鄉水尾營[4]這一線的四十幾個庄落番社，同族群的已經各自集結，推舉自己的領導人，準備向撫墾局討回公道，算一算大概有幾千人了，撫墾局那些官員現在都躲藏在官廳裡不敢出來。」

「聽起來，這事情可就大了，不過就是欠繳歲租嗎？難道官廳不能補救？譬如宣告

2 今之富里鄉大里村。
3 今鹿野西南，和平村，阿美族部落。
4 今之瑞穗，時設台東直隸知州。

延緩收租，安撫各庄落回到各自的領地。」林貴問。

「這個事，恐怕已經無法單純這樣處理，官府的人本來就少，有能力出面緩頰的也只有我們彪馬社與呂家望兩個番社，但顯然這些縱谷的庄落自動自發集結的人數，早就超過了我們兩個社的總和，他們不會輕易的示弱聽我們的。呂家望素來與他們友好，加上上一次薙髮的衝突，他們也不可能替官府說好話甚至出力。至於我們，也只能勸勸與我們保持友好關係的番社，盡量保持中立，我們的實力要改變現在的情況是不可能的。這次縱谷地區的粵庄、福佬、番社是鐵了心，不願善了。」

「有這麼大的怨氣？」一個長老停止嚼動，瞠著眼說。

「這除了是因爲很多年累積的憤恨之外，這一回，那個撫墾局委員雷福海，把未繳納的一個平埔番人拘禁之後，還到人家家裡姦淫他的妻女。」

「什麼！」眾人是異口同聲的叫了起來。

「這個畜生，沒爹娘生的混帳！這種事也幹得出來。該死！該死！」林貴忽然拍桌暴跳，他的舉動嚇著了其他人都噤了聲。

「這事，果眞是難善了了！不打一仗，死一些官差恐怕平撫不了人心的，眞是個畜生沒人性的東西。」林貴長長地呼了口氣又說。

「還好，今年第一季的小米以及稻米都收入倉庫了。現在發生這些事，眞要打起來，我們還很難不被波及到，我們該商量採取什麼措施自保了。」達達插話說。

「是啊，整個東部平原以及縱谷區域內發生了事，我們想隔山觀火也不可能。我們約好了一起來這兒，一方面是想聽聽新才有無其他的訊息，再來便是希望大家能靜下來商討出一個對策來。」林貴說。

「突然要我們大家現在想個辦法，我看也太匆促了，我們這些想事情比較慢的人，恐怕也需要多一點的時間跟家人談一談，我建議大家先就這樣隨便聊一聊，稍晚一點再正式的聚會提意見想法吧。」一個長老說。

「嗯，也好，這個事看起來緊急，但也不是非得要現在拿主意，我看就照你的意思，爲了愼重起見，大家各自在各氏族內取得一個共識，明天上午吃過早餐，各氏族主要的人到拉赫拉氏族的巴拉冠來，我們一起商討怎麼應付這個局勢。至於女王那兒……」林貴想到西露姑，撇頭看了一眼達達，暫停了發言。

「女王那兒，早已經由我全權代理了，今後所有全彪馬社的議論，由我代理女王參與。只是，大家不必再麻煩到我這兒，我親自到巴拉冠跟各位長輩開會，會議場的形式，還請重新設計一下，別讓我壞了巴拉冠的規矩。」達達說。

「嗯，這是個好方法，我們也應該做些調整了！」一個長老說，他的說法也引起其他人點頭贊成。

縱谷的情勢，到了六月底並沒有緩下來，雖然包括張新才等幾個通事，被官府召喚了幾回，希望透過他們的關係，能跟地方幾個集結的勢力溝通，但是絲毫沒有任何進展。其中最主要的原因是，沒有任何的官員願意出面做進一步的溝通與保證，也沒官員願意離開有哨勇保護的官府營盤，去冒險和集結的各庄頭番社打照面說兩句。

客家勢力在劉添旺的走動鼓吹下，已經是縱谷地區最大的勢力，平埔族的部分，也推派張少南、陳士貞作爲指揮，形成一股有組織的團體，準備與官府頑抗到底。這些訊息不斷透過各種管道傳進彪馬社，山雨欲來的態勢也使得彪馬社幾個主要的領導人精神緊繃，不斷派出人員進出「檳榔樹格」與「阿里擺」兩個扼守縱谷的番社，提醒做必要的武裝動員。所幸，縱谷區的幾股勢力，透過通事，表達冤有頭債有主，集結的主要目標就是官府，也請其他平原的番社支持或者保持中立。這讓彪馬社稍稍覺得事情應該沒有那麼嚴重，但警戒卻一日不肯稍怠。

七月七日，縱谷的形勢有了轉變，七百多人集結圍困新鄉撫墾局的平埔社人，已經不耐煩委員雷福海的不聞問，加上局內守衛隔著圍牆出言不遜與挑釁，因而展開攻擊，擒殺雷福海等所有官員，屍體同撫墾局一併燒毀。客家劉添旺方面，見平埔庄展開行動，即刻率客家庄向北進襲奉鄉水尾營，殺死官廳所有人，並掠奪軍械火藥，然後乘勝向南移動，一路見官廳便燒殺劫掠。九日時，抵達卑南溪畔進襲南鄉的擺仔擺，一戰殲滅四十個哨勇並奪取槍械，稍作休息後，開始往南移動。

消息傳至彪馬社時，所有巴拉冠的戰士都已經各自集結，實際負責指揮作戰的年輕領導人也隨同氏族族長，第一時間都到了拉赫拉氏族的巴拉冠議事。張新才與達達也來了！

「我們必須採取行動了！」林貴開了場，「雖然那些客家人說了不會與各番社結仇，但以現在他們殺紅了眼的情況下，難保不會發生其他的意外。」

「我也認爲，大家該各就各自的位置部署，按照先前的計畫，北邊的氏族，負責北東兩個方向的警戒與防衛，南邊的氏族則負責西南方向的警戒與防衛。今天傍晚以後，各個巴拉冠派出人員，確保農作田沒有人滯留，沒有人在番社外遊蕩。明天以後，直到狀況解除，所有居民盡可能在住家附近活動，嚴禁單獨行動或者外出，情況緊急時，全部撤回舊部落時期的刺竹林內，所有的調度，各巴拉冠依據狀況彈性處理隨時回報。」葛拉勞進一步的說明。

「按照這個距離，從擺仔擺南下到這裡，不要半天的行程，如果他們一群人邊走邊休息，明天早上一定會出現在這裡附近。所以，各個責任區今晚開始便要進入高度警戒狀態，所有人的武器加強準備，特別是槍械彈藥要仔細檢查與保養。如果沒問題，巴拉冠的指揮官們先回去準備，各位族長暫時先留下來吧！」林貴說。

這個議事地點位在巴拉冠建築物右前方幾棵樟樹之間，是爲了因應達達要求直接加入巴拉冠會議所設計。傳統習俗裡，女人是不得進入巴拉冠建築物內的。在前任幾個「女王」的時代，也謹守著這個規定，會議產生結果後，由阿雅萬帶領氏族族長再移請到女王府請示。

會議幾乎沒進行多久，眾人前來不過是聽取領導人林貴有無其他的想法，並下達命令。林貴的命令其實也沒減少巴拉冠聚集的人數，除了議事區，巴拉冠廣場周圍，各自圈圍了幾個小組的漢子，他們都是拉赫拉氏族本身的戰士，各自帶了自己的長矛佩刀，有槍枝的人員，更是取了槍保養、吹噓與讓人羨慕，眾人彼此交談，卻又低聲收斂。

「依各位看，劉添旺這一批人會選擇哪條路進入這裡？」林貴問。

「應該會沿著卑南大溪南下吧！如果從初鹿通谷進出，要沿線經過北絲鬮、斑鳩幾個部落，到達出口還有阿里擺、檳榔樹格，容易出意外。」葛拉勞說。

「達達，妳認爲呢？」林貴轉向達達問。

「我想也有可能，但是夜裡沿著大溪沿岸南下，這麼多人，不容易掌握得住。如果，他們一群人約束得好，事前也打過招呼，沿著初鹿通谷進入，然後在阿里擺東邊出口，在越過大巴六九溪南岸向東移動，去攻打官廳衙門，應不至於影響到他們所經過的番社。況且，新才得到的訊息，劉添旺正在遊說呂家望加入呢。」

「啊……」眾人驚呼了一聲。

「呂家望？」一個長老說。

「這不無可能，呂家望經營了這麼久，南北將近四十幾個庄落番社跟他們都有往來，加上前一次薙髮事件，呂家望會加入反叛官廳的機率非常的高。」林貴說。

「我們與呂家望相隔不遠，如果呂家望加入戰局，整個平原勢必捲入戰火，到時我們怎麼辦？」葛拉勞問，卻引起一陣緘默。

「新才，你說說看吧，我們該採取什麼樣的立場。」林貴說。

「這個……」張新才張了嘴，看了一眼達達，又環視眾人，「這個問題我不好多說，畢竟番社裡的事，還是要由各位領導人協商處理。不過還是要按照女王以及陳安生老爺的想法與過去這事的習慣，我認爲還是應該還是比照上一回薙髮事件，保持關心，避免介入。」

「那這個樣子，還談什麼聯盟情誼？這一段時間的經營不就白忙了嘛？」達達忽然感到有些憤怒，冷冷的說。

「這個……」張新才欲言又止。達達的憤怒他理解，又似乎有些不明白。

「這一點，大家要冷靜冷靜，找出最好的辦法啊。」林貴企圖緩和氣氛。

「算了，這個話我來說好了。」達達丟了一顆處理過的檳榔入口，接著說。

「伊娜跟陳老爺說過了很多次，我們現在的實力已大不如前，跟呂家望結盟也只會淪爲配角，跟官府鬥，即使贏了眼前，最後也會輸，而且未來如果官府報復，有可能造成我們自己番社的解體。所以，如果非要找誰合作結盟就該找官府，否則就應該保持中立。老實說，我並不喜歡這樣，但是這是現實，而且，如果能……」達達忽然住嘴。

「如果能，就藉這個機會，徹底的削弱呂家望的實力。先前我們不方便說，是顧慮作爲聯盟盟主的道義，但這一回縱谷地區民變，正是我們名正言順修理呂家望的機會，能拖他們下水，就千萬別輕易放過機會。」張新才補充說。

「這……會不會太不道德啊，都是兄弟番社。」一個長老說。

「我看這事，也不是沒有道理，呂家望上上下下看不起我們，就算是兄弟番社之間的摩擦、口頭窩囊，怎麼說也是讓人不舒服的事。假如我們主動陷害他們的確是我們不講道義，但如果是他自己找的，官府要辦人，我們也沒有義務跟著賠進去啊。我贊成保持中立，先把自己番社保護好，免得糊裡糊塗被波及到，那就損失大了。」葛拉勞說。

「這一次，官府似乎決心要削弱呂家望，所以縱谷幾個庄落發生民變圍困官廳，駐軍張統領仍舊守在盤營不派兵營救，也許就是防著呂家望有變。加上幾次召喚了我們南鄉幾個番社的通事，就已經很明確表示，希望平原這些番社盡可能守住自己的社，千萬別加入他們的行列。」張新才說。

「官府這麼有信心跟實力可以處理這些？」林貴說。

「也許是擔心擴大吧！不過，你們說的有道理，我們的確應該小心掌握機會，畢竟番社要重新振作，要繼續生存，有些手段還是要講求的。」一個長老說。

「我願意再重複的說明陳老爺一直以來的說法，以及我個人的體悟。官府，並不只是現在看到的官廳，以及張統領那一百多兵勇，那還包括整台灣所有的官府以及勇營，再說大一點，更包括唐山那一整個大清帝國的力量。從前朱一貴舉旗稱王，後期林爽文反叛，那是幾十萬人的叛變，現在都到哪裡去了。現在呂家望、縱谷這些客家庄、平埔番社加起來大約有四千，就算縱谷所有人都加入，也不會超過一萬，朝廷真要剿滅這些庄落番社，他們能擋得住嗎？」張新才說。

「那照你的意思，呂家望這一回是找死了。」達達說。

「火燒菇寮，無望！」張新才不自覺以閩南語了一句。

「你說什麼？」

「喔，我是說，呂家望一點機會也沒，官府一定會撲滅掉的。」

「那這樣子好嗎？削弱了了呂家望，官府的目標下一個會是誰？我們嗎？」一個長老問。

「各位長老，其實也不用太擔心，在漢人的朝廷觀念裡，老百姓按規定完糧納稅，不造反不作亂，基本上是不管地方怎麼運作的。一個區域有足夠的力量維持穩定，對官府來說是最划算的事。他們不需要花費鉅額的經費，又可以收到治安的效果，所以，任何時期都會需要一個代理人。過去彪馬社就是這樣一個代理人，只是後來我們發生了一些事，實力減弱了，而呂家望忽然壯大不受控制，又不巧發生這些事，官府被逼得必須自己處理。說明白點，扳倒呂家望，是最符合官府以及彪馬社的現實利益考量。這一點我們必須狠下心。」張新才說著，表情浮起淡淡的狠勁，令達達忽然心生厭惡。

「我看就別再說這些了吧！我們南北兩個方面各自守好自己的位置，萬一真要發生戰事，我負責南面，葛拉勞負責北面，阿雅萬，您覺得如何？您就下個命令我們好各自準備吧！」達達已經又取了一顆檳榔，嚼了兩口望著林貴說。

「嗯，也對，就照妳的意思吧，各位族長，能的話，多鼓勵自己巴拉冠的萬沙浪，也督促今晚做好警戒，別讓任何人輕易進入我們的地界。」林貴說。

翌日，七月十日清晨，彪馬社周邊顯得清靜，南北兩邊都沒有任何關於集結的客家群往南移動與造成騷擾的情形，但才過中午，一早前往卑南廳的張新才慌亂的回到住家向達達說明，呂家望以及縱谷區昨夜南下的客家庄民，已經一舉攻破卑南廳府，並殺進了寶桑街附近街道，沿途燒毀民宅、殺了百餘名男女，現正圍攻張兆連的軍營。

「什麼？」達達幾乎是叫嚷著，嚇得門外才飛落地的兩隻麻雀，轉頭、然後飛起。

「唉，妳不知道啊，我才剛經過馬蘭社向東走，就看到到處驚慌亂竄的人，我看要沒多久肯定會有一大群人跑到我們這裡避難的。」

「唉，氣人啊！我們徹底被架空了，現在，別人連作亂也懶得多看我們一眼的！」達達表情出現了一點沮喪，聲音不自覺拉高又倏地沉了下來。

「呵呵……別人作亂沒拉妳一起，妳也嘔氣？別想太多了，這一回，就先別考慮這些東西了。整件事的來龍去脈，他們實際參與民變的內部組成又是如何，我們完全掌握不住，現在也不可能清楚這個狀況，沒被找去跟著作亂是好事啊。現在，唯一可以確定的事，寶桑街的漢人，一定有一大部分人到我們這裡要求避難的。」

「你怎麼知道？」

「我們番社裡有多少人是跟百朗結婚了？他們的親友難道不會想來？況且剛剛我親耳聽到有不少人在打聽往這裡的方向，我們得盡早想點辦法，否則一些不相干的人都來了，會不會變成另一股作亂的人群。」

「嗯，你顧慮得對，我們得把這個訊息告訴林貴、葛拉勞，也好商量對策。」

張新才的疑慮迅速得到證實。在張新才回抵彪馬社不久，已有不少的寶桑居民進入彪馬社，由相關的親人接濟安置，傍晚入夜前又有大約十戶前來求助，都由葛拉勞安排部落漢子在舊社南側與新社之間的刺竹林邊，搭設簡易的竹寮作爲臨時收容所，周邊設置灶石與儲水桶作爲公共廚房。

昨夜迄今，以及隨後數日的情勢發展，完全的超出所有人可以想像的能力與範圍。

清晨日出前，劉添旺所率領的客家勢力，從卑南溪南側，遠遠的安靜的經過彪馬社北邊，而呂家望社則直接向東行，進入彪馬社南邊年前進行焚獵的獵場後，越過大巴六九溪下游，直接攻擊台東州衙門，然後轉向北與劉添旺部形成包圍圈，由西、南、東三個方向攻擊張兆連駐軍所在地。此其時，官府方面，提督李定明率三個營與砲隊，由台北搭船前來救援；位在台南的台灣鎮總兵萬國本也在得報後，隨即命兩營與總兵陶茂森派隊，從陸路全速前往支援。十四日時，萬國本帶著本隊一營搭乘鼓輪抵達寶桑，遠遠的看見呂家望與劉添旺部將張兆連軍營團團圍住，不斷的發起攻擊，於是下令連放火藥炸彈，同時親率兵勇登岸，與陸路前來的兩個營一起由外圍攻擊呂家望的包圍圈。張兆連看見援兵抵達，也開始反攻，一時之間槍聲火砲齊響，打亂了呂家望的包圍部署，在北面攻擊的劉添旺部，漸漸瓦解，一股一股的分批成群的沿卑南溪南岸向北逃竄。呂家望想緊急調整部署，但是由台北增援的清軍李定明三個營以及砲隊已經陸續抵達，內外轟擊下，呂家望放棄攻擊，撤回包圍圈往呂家望撤退。

這些細節，彪馬社上上下下沒有人完全清楚的掌握住，即便是葛拉勞爲了方便掌握情勢，親自率領一批戰士抵達呂家望包圍圈的外圍，不斷移動位置蒐集資訊，對於清軍的調度仍然無法完全理解。特別是那些由海上搭船艦抵達的千餘名清軍，從哪兒來的？又如何一波波的下船上岸？那些震耳欲聾的炸藥砲彈究竟是怎麼一回事？被圍的清軍又是如何知道何時該開門迎擊裡應外合？那些清兵所攜帶的槍械，爲何又與目前彪馬社所擁有的槍械有所不同？

葛拉勞完全無法理解，一直到下午呂家望撤退，回到巴拉冠講述這些事情的時候，語氣上還不時出現了一些驚恐。

「看來，我們眞的完全與這個世界隔離了，平時我們看不起的官府，一旦認眞起來，那些隱藏起來的力量就完全展現出來，那些人根本就像螞蟻一樣，源源不絕。」葛拉勞稍稍感慨的說。

「這些事，陳老爺都說幾回。既然是朝廷，他們就有辦法找到無止無盡的資源，在西部隨便一個城市，就比彪馬社大不知多少倍，人口多上個好幾十倍，官府都有辦法弭平，我們得認知這些事啊。」張新才說。

「新才你說，這些兵勇會一直待下去嗎？如果那樣，我們該怎麼辦？」林貴問。

「不可能，這些軍隊的設置本來就是用來鎮壓百姓的反抗，這一次呂家望以及縱谷的反叛，逼得官府由其他地方調度軍隊過來。兵勇的家屬都在那些他們來的地方，兵勇不回去，他們恐怕要在這裡作亂了，況且西部的情況應該比我們這裡複雜得多，那裡的百朗動不動就說什麼要起義造反，軍隊不可能留在這裡的，等這裡平定了就得回去。」

「那現在，呂家望撤回了，軍隊應該就會撤回去了吧？」林貴問。

「我不知道呢，官府做事我也拿不準，我建議現在繼續提高警覺，我記得陳老爺說過，官府一定會找機會剷除呂家望這個強大的番社。這一回，如果照葛拉勞的說法，海上來了兩艘兵輪的兵勇，加上從南邊走來一千多的兵勇的狀況看來，我不認爲官府會善罷甘休的。這些事，你們多留意吧！呂家望撤兵了，那些客家庄也撤回，這件事一定還有下文，我得趕緊去寶桑街看一看狀況，打聽打聽。」

張新才說完隨即同達達離開，留下林貴與幾個族長繼續聽葛拉勞補述這幾天關於在街上所看到的情況。

張新才回了家立刻出門，留下滿肚子火氣的達達。

達達的怒氣多少帶有一點因爲掌握不住情勢的挫折感而惱怒的意味兒。她點著了菸斗的菸絲，按著每日早晚的習慣含著菸斗坐在後院的簷下，看著四個月前張新才送她的棕色小馬。那雛馬的個頭已經有達達的高度，見著達達，便隔著圈圍的籬笆噴著氣撒嬌。

「我現在心情糟透了，不想摸你的頭，你回你的樹下吧！」達達呼了口煙朝著那馬說話。

「我是說眞的，說好了拉赫拉氏族要在我手上重新振作起，但看起來，是沒有什麼機會了，先別說西部來的兵勇都來了，也不說別的番社強大到可以燒官府殺官員，連當下發生的所有情勢發展我都掌握不住了，我又能怎麼去規畫怎麼發號施令啊？現在葛拉勞越來越聰明機伶，加上這些外出打仗的事，非得要男人出面，我看將來這個番社一定是他來領導的。唉，這一點，我倒是支持的，反正我打心底還是希望由他做實質領導人的，可是，這樣，我又該怎麼拉抬我的氏族呢？哎呀，小馬兒啊，我沒事要我的族人多生幾個孩子，將來氏族人多，力量自然形成，但是……哎呀，我自己卻生不出來，這……都變成笑話了，你說這氣不氣人啊？」達達輕聲的、自顧自的，坐在簷下廊前，隔著幾步，隔著圍籬對著那匹小馬說話。

「更糟的是，這些事，我還沒有幾個人可以說說呢。」她又說，「你早一點長大吧，到時候，我們沒事就往外跑，去看看別的番社有什麼不同，看看外頭有什麼新的點子，我們想辦法引進來，讓拉赫拉氏族興榮起來。不說了，我去看看伊娜了，你自己沒事跑一跑、動一動啊，別到時候馱不動我啊。」

達達一如往常，回了家看看小馬，對著牠說說話排悶洩憤，然後取了一顆檳榔，調理過後送進嘴裡出門去探視西露姑。

西露姑的女王府，因爲少了人來人往，進入院子前小塊草皮都長了回來，院子空地夯實的泥地，表面浮起了一層薄薄淡淡的泥灰，幾隻家犬平時翻滾追逐的痕跡，讓灰泥刮出了一些黃褐的色差。僕役偶爾進出，整個院落明顯少了一點生氣。下午偏斜的陽光，將屋脊影子斜拉在院子泥地上，成了剪貼似的投影，幾隻狗兒伏臥在篩漏自枝葉與房屋遮蔽的陽光下打盹。

達達進了院子穿過第一進大廳，直接進入第二進廳堂後方的吸煙房，只見陳安生、西露姑夫婦半張著嘴，相互面對著蜷曲側躺在鴉片床上，兩眼濕黏又茫然無神，也無言語。西露姑嘴唇抽搐似的、吃力的吸著煙，一個僕役，正點著鴉片火後，猛力吸了兩口交給陳安生。

「妳幹什麼?」達達叱喝了一聲，驚動了吸煙床上的兩個老人，短暫抽動身體又歸於平靜，那僕役卻慌張的望向達達又低下頭。

「妳到外頭給我跪著!」

「小姐，我……」

啪……達達忽然伸手掌摑。

「妳囉嗦，出去給我跪著！」達達幾乎是吼著的！

吸煙床上，西露姑伸出右臂揮了半圈，陳安生則除了嘴角蠕動吸煙，身體卻一動也不動。兩人都已經骨瘦如柴，露出衣物以外的肢體幾乎就是乾裂的皮包著骨頭。長期吸食鴉片，皮膚乾了，卻因常流淚而兩眼浮泡；已經毫無食慾，每天僅靠僕役們攪碎肉沫菜屑摻入穀物熬煮，一口一口餵食。

達達注意到兩個老人衣著乾淨，吸煙床以及其他角落都收拾得整潔有條理，心裡頓時升起了謝意，感謝這些每天負責打理照料的僕役，又忽然燃起一股無名火爬上腦門。她轉出吸煙房，看見僕役眼眶噙著淚，逕自低著頭跪在房外廳門前。

「我說過多少次，鴉片煙不是個好東西，吸上癮了就會像妳看到的那樣，而且將來一旦上癮了，妳要到哪裡弄這些東西？妳要去哪裡找錢財銀幣去買這些東西啊？我的話妳是聽不懂嗎？」達達聲音嚇人，沒轉頭朝著房舍喊著：「你們其他人都給我出來！」

四個女侍、兩個年輕男僕役戰戰兢兢的走了出來，陪著一起跪了下來。

「我不是說過嗎？點煙的工作由大家輪流點，點著了就拿開，千萬別吸，怎麼你們就是不聽？還有妳，妳怎麼會利用這個時間自己多吸兩口？說！妳是不是上癮了？」

「小姐，我的確有一點癮，但是我非常節制，只有在爲女王老爺點煙時，才會多吸一口，請小姐原諒。」那女侍口氣惴慄低聲的說。

「是啊，小姐，您別生氣，大姊也是爲我們好，她發覺即使我們輪流點煙，時間久了，我們也不免沾染，這些日子我們是越來越期待輪到班來點這個煙，因此都覺得恐懼，還好大姊說這事由她一個人出面做，避免我們都上了癮。」另一個年約二十上下稍稍年長的女侍說。

「難道妳們不知道這個東西的壞處？」達達瞠著眼質問那被敬稱爲大姊的女侍。

「小姐，服侍女王久了，我們怎麼會不知道呢，只是，我們這些姊妹都還年輕，未來也還要找男人生孩子，我總得爲她們想想啊，希望她們將來能爲我們氏族增加些人口啊！」

「閉嘴！」達達忽然覺得更生氣而吼了起來，「妳們都給我站起來！誰都不准上癮！」

達達話還沒說完，人就已經穿過第一進大廳朝院子外走去，才出院子左轉向北，眼淚便不聽使喚的流了下來。

女侍說的，她何嘗不知道？吸煙房的設計，屬於門窗封閉的形式，不論是直接燃起鴉片的香氣，或者以長菸斗的方式，將煙鍋在燈火燃點吸那排放的悶煙，那些繁複的小動作，都足以讓人不知不覺的上癮。過去由陳安生自己動手還好，現在凡事是由僕役效勞，這些長期處在這個環境的僕役就很難避免不受到影響。即使後來，西露姑、陳安生身體不堪負荷，張新才研發出一個新的方法，將鴉片在淺碟上抹一層薄薄的煙膏，放在煤燈上加熱，使變軟變稠，再以一根細牙籤挑絲凝固後儲存，吸食時，雜在尋常的菸絲中，一併燃燒吸食的方法，減掉了很多程序，僅由僕役代爲引燃後交出，這樣子也還是很難避免引燃時多吸兩口，加上房間內漫瀰的鴉片香氣，久了，很難不讓人陷入上癮的危機中。所以達達再三交代點著了就離開不准多吸的原因也是因爲這個。這一回看見女侍猛力多吸兩口，她直覺的判斷這女侍已經有癮頭。

達達最初生氣的是，女侍違反規定，現在自己生氣流淚的原因是，這個女侍居然是站在部落的角度，爲了維護其他人的健康，寧願自己上癮也要其他人遠離鴉片；她哭的是，這些女侍是如此用心的收拾整理西露姑、陳安生的日常起居，完全不在意他們自己的身體健康，而自己居然這樣粗暴的對待他們。

「唉，我眞是個失敗者啊！氏族的勢力我拉抬不起來，父母也要拖累其他人，連生孩子……」她忽然住嘴，抬起右臂衣袖擦拭著淚水。

她進入厚重刺竹林所圈繞的舊部落，並走上向北的道路上，那條被戲稱部落大道的縱貫路徑，遠處幾隻黃的黑的家犬追逐著撲滾在一起，不同的幾個方向陸續傳來小孩的喧鬧聲，吵雜、歡樂。越往北，住戶越稀，一棟棟已經廢棄的家屋藤蔓攀生，傾圮毀去。太陽還沒沒入西邊高聳的中央山脈山頂雲層，稍遠處，幾隻牛各在自己的位置上悠閒吃草，達達安靜的走著看著，心裡一陣傷感。

「這麼龐大的番社呀，這麼令人尊敬的盟主番社呀，這個曾經踏上百朗的皇帝老爺紫禁城受賞的氏族啊，現在怎麼會淪落到這個狀況，未來又會變成什麼樣？」達達拭去淚水失聲的自言自語，又隨手撥開一株生長掩覆道路上的五節芒草。

「伊娜，這個給妳！」四個約十一、二歲的男孩女孩突然從道路一旁的小徑站出來，手裡握著一把龍眼果。他們都是放牧牛隻的少年，定時轉移牛吃草的固定位置後，一群人便開始嬉戲追逐過一天。

達達才接過手報以微笑，那些青少年已經沿著道路朝著北方嬉鬧著奔跑離去。

「他們叫我伊娜。」達達輕聲的說，心頭霎時升起了一絲溫暖，她想起布昂，想起自己多麼想要個孩子，她忽然笑了，抬起頭遠遠的看著那些小孩的身影沒入北邊的建築群。那是北邊三個氏族中「巴隆納度」與「沙巴彥」兩個氏族的巴拉冠與住屋群。

一六三〇年前後形成的彪馬社舊部落，是南北縱長橢圓型，四周植有厚實的刺竹林的聚落，聚落內的主要巷道就像是一個「井」字型，少了左上方那一豎。上方的十字路排列著彪馬社最初的三個氏族的男子會所巴拉冠與祖靈屋，由左至右分別爲「巴隆納度」、「沙巴彥」、「巴沙拉特」，下方則爲「阿拉西斯」、「隆納丹」、「拉赫拉」的會所與祖靈屋。一八七四年第一次天花時，居民全數撤出此地，重新在南邊設立新的聚落，往後十年到現在，又有一半以上的居民遷回。

達達走在貫穿南北的東縱貫道，想著瑣事，越北越荒蕪不免犯愁傷感。

「拉赫拉氏族、彪馬社必須重新站起來，我會耐心等到這個契機的。」遠望著北方的出入口，達達堅定的說。

□

吃過晚餐時間，在探視過西露姑之後，達達與張新才坐在院子吸菸，院子前的小徑每隔一段時間就有人經過巡視。而附近的檳榔樹梢頻頻飛進飛出一群群的蝙蝠。

「蝙蝠飛進飛出，這些蚊蚋飛得老高，怕明天又是個大熱天了。」達達說。

「這樣持續的熱下去，那些兵勇可就麻煩了，我們還得多準備些消暑的東西呢。」張新才說。

「這些東西怎麼會要你來準備？」

「就當成是訂金買個保障吧！呂家望撤軍已經六天了，這些官廳的軍隊沒有撤走，反而加強訓練，我想官廳應該會在這兩天動手！到時候，這麼多的兵勇會不會順便對我們怎麼樣，我不知道，但是事前打好關係總是留個後路吧。昨天，我以彪馬社的名義捐了點錢，算是給官府這些兵勇一點慰勞。」張新才說。

「你哪來那麼多錢？」

「呵呵……先前從西部引進了一些人，他們所給的酬禮加上我做番產交易也存了不少的錢，這一段時間呂家望以及客家庄作亂，有些地方的田地幾乎都賤售逃命，我轉手賣給寶桑庄的一些人，錢雖然還沒完全到手，但已經夠我周轉了。」張新才呼了口煙，得意的說。

「況且，這些兵勇，這些天賭博、菸酒、鴉片的需求量大，由我經手安排，這些進出之間所得的利潤，只要拿出三分之一就夠了，根本沒動用到老本。」張新才又說。

「什麼呀？這幾天大家兵荒馬亂的，連飯都不敢好好多吃，你居然有本事去搞這些？我眞是服了你。」達達白了張新才一眼，眼神中忍不住透發一股讚賞與佩服。

「哈哈……達達呀，妳忘了我是卑南覓第一流的通事？憑著我是彪馬社女王達達的夫婿，往來官府與地方還算流轉無礙啊！達達呀，妳得知道啊，世局再怎麼亂，看起來再怎麼沒希望，人的基本需求是不可能少的，賺錢的機會可不會少，看的，就是誰有本事掌握契機獲利啊。這就是我們漢人的本事，我們也都是這樣鑽營的。哎呀，說了妳也不會懂，不過，妳放心，趁著這個亂子，我們彪馬社要好好的扳回一城，讓呂家望知道，在卑南覓，我們永遠是盟主。」

達達瞠著大眼不可置信的看著張新才，正想開口說什麼，院子口走來林貴與葛拉勞父子。

這一回葛拉勞帶來了關於呂家望正積極的挖掘壕溝埋設陷阱，好像準備要跟官府拚到底的情報，想來商量一下，這事要不要向官府報告。

「唉，這種事怎麼能向官府報告呢，都說好了，我們兩邊不得罪，不幫忙也別害另一方啊！」達達幾乎是第一時間反駁。

「這事，我也覺得我們什麼都別說，讓官府吃點虧，也許對卑南覓的幾個大番社會更尊敬一點，對我們也是間接的有好處啊。」張新才補充。

「你們說的有道理，雖然我不認為呂家望有能力完全抵擋官府的兵勇，但我認為他們有能力重創官兵。卑南覓這個地方自始就是我們番人活動的地方，還是不應該有太多官兵出沒，那會出亂子的。」林貴說。

「對了，這幾天官廳的軍隊四出活動，所有的番社都表達了支持與歸順，只剩下呂家望、大巴六九還有邦邦社三個結盟，拒絕官兵進入平原西邊的領域。」葛拉勞說。

「什麼？結盟？邦邦社與呂家望相好也就算了，大巴六九社一直是我們監管的番社，他們湊什麼熱鬧啊？」達達說。

「我們派人去大巴六九社遊說了，不希望他們加入呂家望，但大巴六九與呂家望自古就習慣結盟，這一回呂家望聲稱官兵向西進攻，有奪取番社土地的可能，他們自然會願意為了保護田園投入戰鬥。」葛拉勞說。

「可惜了大巴六九社這麼好的戰士，要是願意一直跟我們結盟，那該有多好啊！」

「呵呵……姊姊，我也是這麼想的，這一次的事件不管結果怎樣，我覺得都應該好好的經營這一塊，爭取大巴六九成為我們實質的盟友。」

「對了，新才，你覺得官府什麼時候會展開攻擊？」林貴問。

「應該就在這兩天，再不動手，他們自己內部都要出問題了。」張新才說。

張新才的猜測很快的得到證實，而事情的發展又完全超出彪馬社這些領導人的想像與理解。就在這回交談的幾天後，整個情勢突然有了驚天動地的演變。

那是幾天後的七月二十二日，清軍萬國本、李定明、張兆連所部，發動了第一波攻擊，近兩千名的兵勇蜂擁而出，被呂家望事前在沿路以連續幾道刺竹林所形成的障礙與壕溝所阻礙，逼得清軍傷亡慘重而停止攻擊重新調整部署。二十五日再次發動第二次的攻擊，萬國本、李定明各以三營的兵力，左右兩路攻擊，張兆連則守後路保護糧械，並且負責阻斷客家庄劉添旺來支援。此其時，台灣巡撫劉銘傳先前請求的兵艦支援，也在天津鎮總兵丁汝昌率領「致遠」、「靖遠」兩艘兵輪，前來助陣持續攻擊呂家望。

一直到了八月四日，澎湖鎮總兵吳宏洛率領二千四百人，在卑南溪口登陸，與萬國本、李定明、張兆連會合，總兵力達到了四千多人。這是卑南覓平原第一次出現這麼龐大的漢人武裝部隊，也是大清帝國第一次在東台灣展演現代化建軍，執行陸海聯合作戰的成果。但在呂家望堅強抵抗下，加上大巴六九社、邦邦社不時由側方襲擊，即便丁如昌令人拆了六磅炮四尊，配合洋槍隊強攻呂家望，也沒得到預期的效果。到了八月十四日，丁汝昌又以海上兵輪致遠、靖遠船上艦炮轟炸呂家望社，仍無法使得呂家望等社屈服。於是，八月十五日傍晚，萬國本從各隊兵勇之間懸賞徵求敢死隊三百人，個個攜帶五連發步槍，狠狠的吸食完一輪兩輪的鴉片煙後，配合拆下的四尊快砲發動奇襲，終於攻下了位在呂家望西側半山腰的邦邦社。更在十六日乘勝發動總攻擊，大破西門，攻克呂家望，大巴六九社見大勢已去，便宣布放棄抵抗。而北方的客家庄在清軍動用快砲與艦炮轟擊呂家望時，便遠離卑南覓平原，向北攻擊花蓮地區，遭擊破弭平。

平原周邊被將近一個月艦炮、長槍、陸砲齊鳴，近一萬人交戰的慘烈所吸引與震懾。但關於這一小段由清朝官員後來的奏摺中，所歸納整理出來的戰時細節狀況，幾個包括彪馬、卡地步以及平原周邊的番社，卻沒有多少人清楚呂家望戰後被拆成兩個番社，南邊取名「迪化社」，北邊取名「尊化社」；邦邦社廢社，居民四散或併入呂家望兩個新的社；大巴六九社經訓斥後仍維持在原來的村落位置。交戰時期疏散到更深山的「肯杜布」山周邊的呂家望的社民，以及部落被攻破時，爲了保存實力四散逃離的戰士們，日後陸陸續續都回到村子，才漸漸將當時交戰的更細節的景況傳開，而震驚彪馬社。呂家望那些用來對付清兵的壕溝、陷阱、火箭、土槍、火炮，以及人員戰鬥編組與碉堡壁壘設計，讓葛拉勞日後想起來還常常嚇出一身冷汗，達達更是感慨彪馬社圈圍在刺竹林內的榮光已遠，他們根本忽略時局的變化，忽視了鄰近番社的崛起，也慶幸一開始就沒有準備跟呂家望衝突，或加入呂家望抗擊官府，否則，戰死的不會只是清軍的三百多人與呂家望相當的人數，還有可能補上彪馬社更多倍的人數。而這些，都已經是相隔五年的一八九三年（光緒十九年）以後，才漸漸傳開爲人所知曉的事了。

這期間，整個台東平原出現了一些變動：一八八八年十二月，原駐紮卑南（寶桑）

的「台灣府南路撫民理番同知」裁撤，正式設立臺東直隸州；西露姑與陳安生相繼過世；胡傳[5]一八九三年在五月二十四日抵達臺東直隸州代理知州；而張新才已經升任主管卑南覓與「成廣澳」[6]區域的總通事。

5 胡鐵花，胡適之父。

6 今台東縣成功鎮一帶。

第八章
胡傳與阿里擺營頭

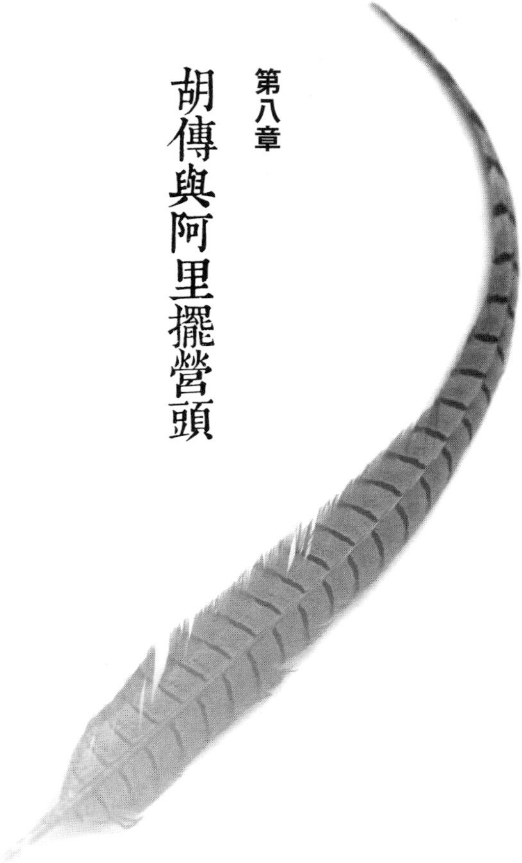

「這一定是妖孽作怪，或者這個領頭的人本身就是妖怪！」

「別這麼說，也有可能是老祖宗們抱怨我們冷落了他們。這也難怪，我們一直忙著整理家園，大家滿腦子想著怎麼開闢新的田產，連最普通的祭祀也都忘了要按時舉行，祖宗們能不生氣嘛？」

「不，我也覺得這應該是外人入主彪馬社所造成的，就像前兩回的瘟疫一樣，是老天在懲罰我們，祖靈在責罵我們。」

「看你們說的，既然是天災，要發生什麼災禍誰能算得準？既然是天災，造成什麼結果誰又能怪誰？就算我們按時祭祀，就算沒有外人進入番社，難道就不會發生這些事？與其我們在這裡瞎猜，怪東怨西，倒不如趕快準備好工具，省得待會兒挨罵了！」

「喂，看看妳，我們也不就是說說嘛，妳這麼正經的幹什麼？妳想想，先來一場地震，然後一個月內再來三場颱風，我們誰見過這種事？我們這些姊妹淘裡，年紀較大的誰經歷過？這不是老祖宗生氣，難道會是其他的族群對我們『巴里西』[1]？我才不相信除了大巴六九那些巫師姊妹之外，南北近百個番社誰有這個本事對我們『巴里西』呢。」

「呵呵……別動氣，她不正經才奇怪呢，再說，她說的也沒有錯啊，這種事還眞沒辦法算得準，也怪不了誰，這也正是我們女巫存在的理由啊，別逗嘴了，把工具準備好吧。」

幾個中年婦女，夾雜著幾個年輕的女人，手上各忙著處理一些活兒，幾個人以小刀切下才從樹上整串割下的檳榔。幾個人整理著苧麻絲線，幾個人整理一張姑婆芋葉包裹著的細小陶珠，挑選並以苧麻線串起。每個人座位邊擺置著一個裝著個人行巫工具的袋子。大夥清一色頭紮著黑頭巾，盤起草蕨與幾朵碎花紮起的花冠，手沒停，嘴也沒閒著，嚼檳榔也嘀咕著七月份的一場地震，以及整個八月份來的三個颱風，還有人在語氣上還隱隱約約指向剛來台東報到的臺東直隸州代理知州胡傳，是帶來禍害的壞因子。

幾步遠之外，另外還有一群年紀更大的婦人群，嚼著檳榔，圍坐著商議著，似乎爭議著什麼，時而高聲時而沉聲；另外幾個老男人，也安靜的在旁削刮著竹片，準備製作弓箭與盾牌的模型，他們是彪馬社六個氏族的祭司。

漢人農曆的七月十三日，上午約十點左右，一場激烈且伴隨著低吟的地震，無風搖動著樹木，驚嚇了所有人紛紛從正在進行第二季播種的小米田逃回部落。所幸建築物沒有損毀，也沒人傷損。接著八月二日半夜一點，八月十日上午六點，八月二十七日凌晨三點，一個月連續三個颱風登陸直撲襲擊，令部落多數的房舍毀損，才搶救搭建的房舍在下一次的颱風中又被吹垮；南邊的大巴六九溪與北邊的卑南溪因雨氾濫，也沖毀不少的田園。耆老的記憶中，這樣密集發生的災難是不曾有過的，因而引發族人的聯想猜測惶惶不安。

1 作黑巫術害人。

重建工程在部落領導人林貴的指揮下，所有的部落男人都投入了清理部落、重建房舍的工作，新房舍以舊部落周邊的刺竹林爲主要建材骨幹，另割取白毫、茅草作爲屋頂與邊牆。小巷弄四通八達，改變舊部落時期只有四條主要道路的規畫。婦女部分，除了年齡較長還有勞動力的負責餐飲烹調，所有年輕婦女在達達的規畫下，以集體勞動的方式，一戶一戶的協助整理部落各家的小米田、水稻田與旱作田。從二十八日上午九時雨停風歇開始，到九月十日的現在，部落大致恢復原貌，六大氏族祭司決定邀請部落三十七位女巫，一起執行部落四界除祟淨除的巫術儀式，掃除穢氣、建立巫術力量的防護網，以確保全部落地界的平安。幾個女巫除了對天災的無奈，多少也懷疑這些災難與新來的官員上任有關，話語中多有暗示。

張新才也沒閒著，除了捐些錢給寶桑街災後重建，也另外出資籌建漢人廟宇「天后宮」，並購買糧食由達達出面發放給部落應急。

達達在太陽偏斜沒入西面山脈頂上雲層時，已經騎著馬在部落四周巡察過幾回，抵達部落西南入口門時，巫術儀式正進行最後的一站，巫師們已經在新舊部落的幾個入口，以小弓箭與盾牌配合著檳榔列陣的組合，下達咒語後，設立了幾道象徵性的「巫術閘口」，禁制所有不祥與祟氣之物進入部落地界。

「大家辛苦了！」達達高聲同巫師們打招呼的同時，下馬。

「妳也辛苦了！」不少人同聲回應。

達達不算高的身材佩著刀，穿著漢式黑長褲外罩著傳統黑底花布圍裙，騎在馬背上，勒馬翻身下地的利索身手，以及沁著汗水滿臉灰塵的樣子，吸引眾巫師的好奇，都停下了手邊的工作望著她。

「達達呀，妳騎在馬背上的樣子眞好看啊！騎著，舒服嗎？」一個老者說。

「呵呵……談不上舒服，就圖個方便吧，方便快速移動到處看看。這一回，我們番社就等各位作完巫法，就算恢復秩序了，大家這些天都辛苦了！」

「哪裡的話，這是我們該做的！倒是整個番社的重建與規畫，還多虧了妳們這些年輕人。」

「應該的呀，作爲番社領導人，這是責任與榮耀啊！」

「是啊！老啊，泥土已經快埋到頸子上了，距離見祖宗的時間也不長了，我還眞是第一次遇見這樣的事啊！可見，不管是番社或者官廳，領導人的命格太重要了。我想這個新來的官員不適合這裡，也或許因爲他，未來幾年這個平原要發生什麼重大事件，也許瘟疫，也許戰爭啊！」一個老巫師說。

「姆姆[2]，別想太多，彪馬社遇見過的大事還少過呀？就算未來將會發生大事，番社還有我們這些的領導人一起和所有族人努力面對呢，放心吧，沒有什麼克服不了

2 對祖父母輩的通稱。

的。」

「哈哈，這就是領導人的態度啊，但願這新來的官員，也有這種認識，而不是帶來災難的妖孽。」

「姆姆，別想那個了，我交代了家裡人，替大家在巴拉冠的廣場準備了些水酒，算是慰勞各位的辛苦，妳們都休息一會兒，移駕過去吧！」

「眞的啊！」

「呵呵……眞是無禮，我騙過人啊？」達達笑著沒多理會眾人因爲驚喜而露出不可置信的表情，又繼續寒暄幾句，然後翻上了馬背，往北邊舊部落的方向離開。

經歷八月的三次颱風，舊部落的刺竹林圍牆，三分之二的上層幾乎已不見綠葉，竹幹傷痕累累，部分折斷的竹條被吹散了一地，整片斷落的枝條散落鋪蓋在竹林兩側。還好竹林的遮蔽，內側成排成林的樹木與檳榔，獲得一定程度的保護，沒造成過大的傷損。那些斷枝殘葉，因爲沒有影響部落復原工作，加上舊部落早就形同廢社，索性就任由頹廢，不作處理，所有的人力物力都投入在現在居住的範圍。也使得彪馬社建村廢社，徹底移到被稱爲「希南—普悠馬」（Hinan-puyuma）新部落的範圍。在荷蘭人抵台東前形成的舊部落，歷經一八七四及一八八五兩次天花瘟疫後，向南向外形成現在居住的新部落，但仍有不少的住戶留置，拉赫拉氏族的巴拉冠與祖靈屋也都留在原地，提供主要的開會決策與祭典聚會。這一回建築物全毀，部落幾個領導人做成決議，還留住在舊部落裡面的族人，全部遷到現在所居住的新部落，以氏族爲區塊重建，成立三個聚落。「杜烏杜厄爾」聚落在舊部落之東，成爲「北部落」，「達鐵摩爾」聚落在舊部落東南，與坐落在舊部落南方的「浦烏浦厄爾」形成「南部落」。各氏族的會所，則仍留在原地修復。

颱風過境後的這幾天，達達已經來過幾回，甚至今天稍早的上午時間，她也是先跑過這一條南北縱貫的道路。現在，將要進入傍晚的這個時間，她只想再跑跑馬，順便再巡一巡這個已經建設居住近兩百五十年的舊部落。她心裡明白，巫師已經依照慣習，作了阻絕的巫術儀式，此地將成爲禁地，不再允許族人進入耕種、狩獵甚至取用任何東西。她只想再看一看，這個由拉赫拉氏族在十七世紀上半葉，一手主導成立與壯大的聚落，在歷經過無數榮光與輝煌後的最後殘影。

達達挺直著腰望向前，兩腿輕夾著馬肚示意那棕黃色的年輕駿馬，揚起馬蹄向前輕跑。原本受到雨水淹過、退水的路徑，已經被數條逕流切割成好幾段的乾壑，坑坑洞洞與難以辨識，馬蹄輕揚，略略踉蹌中還揚起一陣沙塵。

達達跑馬中視線所及，只見舊部落好幾處上層被吹折斷的樹林，掛著、覆蓋著被風吹起揚棄的建築物的茅草、竹條；而原先還留有的家屋甚至巴拉冠建築的區域，只剩幾根柱子與原有廳室的空地，那些殘毀與傾圮，令達達想起她母親西露姑，心心念念重振家園的輕聲嘆息與無力，心頭一陣酸。

「就這樣廢棄掉了！」她忍不住嘀咕，聲音還夾著些鼻音水氣。

感傷失神中，達達不留神兩腿踢了馬肚下緣，令那坐騎忽然加速，她一時控制不住，整個人摔向路邊的草叢。她悶哼了一聲右肩摔著地面，她本能的打了個滾起了身，一股刺痛卻自她左臉頰劃開，一股溫熱的血液流了下來。她只抬起衣袖抹過，立刻回到路面上，只見那黃棕色駿馬，往前跑了幾十步停了下來，見到達達走向牠，低著頭慢慢往回踱。

「怎麼啦？」才進到院子，張新才見達達的樣子，大吃一驚，幾個下人僕役，趕緊接過韁繩，將馬兒牽往後院，其中一個打了盆水來。

「一個不留神摔了馬！」達達除了覺得左臉頰持續灼熱不再流血，摔落著地的肩背以及其他部位還好並無大礙。

「被刺竹的枝條劃傷了臉吧！」她補充說。

「怎麼這麼不小心啊？妳洗把臉吧，我找些金創藥膏來。」

達達解開了上衣，洗過臉，擦過身子，換了上衣，沒等張新才上藥，開口問：

「我說老爺啊！你覺得胡傳這個人怎樣？」

「不就是個官員嗎？一個州長。來，我給妳上藥。」

「怎麼？你跟前跟後的，送了賀禮巡過幾個地方，你沒注意過這個人怎樣啊？」

「妳怎麼忽然問起這個？比起其他官員，他看起來很有學問，重視典章制度，腳勤快沒事就四處探查，幹事也精練，對兵勇吸鴉片這件事很反對，還特別重視我們漢人的廟宇，初一十五不忘到廟裡上香呢。聽說他很受上頭的器重，只是不知什麼原因，到這裡來他僅只是代理州長，而不是正式的派任。」

「這聽起來不像是壞人啊！」

「怎麼了？是不是壞人跟他當官沒什麼關係吧？」張新才被達達的回答弄得一頭霧水，收起金創藥，看了達達一會兒。

「是沒什麼關係，反正你們百朗當官的，還眞沒幾個是好東西。咦？你幹什麼這樣看我？」達達點了菸，還沒吸上一口，看見張新才注視著她便說。

「呵呵……我不懂了，你們從不議論官廳的官員的，怎麼這一回，妳倒關心起胡傳這個人的好壞？」張新才說話間也點起了菸。

「是這樣的，我們都覺得這個人不吉祥，才來沒幾天，便跟著來了大災禍，番社田產都毀了。」

「哎呀，妳這話，在這裡說說就算了，可別張揚啊，給傳了出去，會有麻煩的。」

「哼，我就不信你們寶桑街的百朗會閉著嘴巴不說東道西的。」

「這個……不瞞妳說，要我們寶桑的漢人嘴巴閉上不議論是很難的，雞毛蒜皮的事都能說上天去，這種事怎麼可能不牽拖到他的身上，只是，官威難測啊，弄不好要給自己找麻煩的，大家只敢私底下議論，不敢多聲張。」張新才呼了口煙說。

「那該怎麼辦？他要眞是個不吉利的人，未來幾年，整個平原災難恐怕不會少了。」

「吉不吉利這種事只有神鬼知道，不瞞你說，寶桑街確實有人占卜算卦胡亂說一通，說這個人是金剛羅漢，給他們帶來好事也帶災難來的，但依我看，那個是沒有意義的瞎猜。就算他是不吉利的人，我們當百姓的完糧納稅，各過營生，不盜匪不眾叛，官廳不找藉口麻煩地方，就謝天謝地的祖宗保佑了，哪需要想這個，那是一群沒事找事的無聊話題罷了。這個胡傳不是壞人，不貪財營私，對於典章律法也講求，大庄那一帶的事件才剛過沒幾年，台東不正是需要這樣的官來嗎？清廉遠比貪財暴歛來得重要吧！」

「哈哈哈，老爺啊，我不相信你心裡眞的這麼想，來了個清官，你們幹通事的哪來的油水可撈啊？」達達才猛吸了一口菸，被張新才的話逗得大笑，差點岔氣。

「達達呀，別把我們這些幹通事的看貶了，清官來，我們少了不必要上繳的賄賂錢，照規定完糧納稅，我們一樣賺租佃的稅金，一樣經手番產交易，這可沒變啊，錢還可能省得更多賺得更多更容易。至於底下那些官員本來的齷齪骯髒事，誰來當州長都一樣，不可能根治的。比如鴉片，他要管嚴了禁制過頭了，那些官員與兵勇的煙癮，也不可能說禁就禁說斷就斷，心理影響下，一定變本加厲找管道買鴉片甚至超量囤積，這一來鴉片勢必上漲，說不定爲了籌錢，要幹其他壞事搶奪民番或者要盜賣軍品了。這些壞事加上原來那些的酒色賭博會更被需要，妳想想，誰供應或者轉賣這些東西啊？」

「老爺啊，眞要這樣，你眞敢經手這些啊？不怕殺頭啊？」

「呵呵……我現在是整個卑南覓的總通事呢，怎麼會直接幹這些事？寶桑街有一些人正在找機會致富，他們會拚命幹這些事。」

「那你還撈得到什麼好處？」

「呵呵……達達呀，做生意買賣東西，可不只是你拿貨來我出錢的面對面交易啊，那些貨物進出控制以及銷售的管道才是關鍵，這些複雜的關係可不是一天兩天能建立的。這就是爲什麼時局越亂，有本事的商人越能賺到錢的原因。目前我還掌握這些，除非我自己搞砸，外人要取代或者官廳要斷絕並不容易的。更何況，我不只是單純的商人啊，我是卑南覓、成廣澳整個東台灣最富裕的兩個地方的總通事，算來是個官商，更是官府眼裡彪馬社的番目，貪官來、清官來我都能遊走啊！」張新才說完得意的吸了一大口菸，把菸斗內最後的菸絲燃燒光。

達達沒接話，眼光撇向院子，兩隻黃狗扭纏在一起，一隻黑狗忽然也加入戰局，嬉戲聲不時響起。她吸了一大口菸，然後菸斗朝著椅子腳敲了敲，把菸灰清了出來。

「老爺啊，你是個官商，在百朗的官府裡，你有你的辦法，但是我憂心的可跟你不一樣啊。」

「怎麼了？」

「官府在卑南覓這麼多年，在我看來只是爲了管好你們這些移民過來的百朗，一般番社只要不威脅他們，基本上官府是不會管，也不知道怎麼管番社的事。尤其是官員越貪越怕事，越不會管番社的事。怕的是來了一個自以爲清廉，又愛胡亂出主意管事的官員，把主意打到番社頭上，擾亂甚至想改變我們。」

「你們眞有這種感覺啊？新來的州長胡傳，現在還不至於造成困擾吧？」

「現在是沒什麼困擾，眞照你說的，這個人清廉不貪，又勤於走動，重視典章制度，按道理說他應該不會是個麻煩人物，但假如他只是個不知變通的書生，又對番社抱著偏見，認定你們百朗的一切典章制度是好的，將來一切順手了非要加諸在各個番社頭上，那麼我們災難才眞的要來呢。看不見的鬼神，我們巫師可以解決，活生生的掌握大權的渾人，那才是眞正頭痛的事，弄不好，要大打一仗死一批人，甚至整個制度翻轉，連祭儀都要變成你們百朗的形式，那可要亡族了。」

「有這麼嚴重嗎？」

「希望沒那麼嚴重，他才來了兩個多月，帶來地震颱風，摧毀不少的番社房舍，但願只是湊巧，或者只是他的命格，或是個徵兆，不致帶來太多的干擾。」達達說著，不自覺，摸了摸她左臉頰上的傷。遠處傳來一些眾人合唱歌聲。

「不過，我不相信百朗的官員，只是想管好你們這些移民來，而不動腦筋到我們這些番社。」

「我也不信！哪裡有土地，哪裡有好處我們就會走到哪裡。西部有多少的番社，已經是被我們這些從福建移民的漢人給同化掉了，除了我們自己能鑽營，靠的就是官府的力量推動。」

「你怎麼這麼坦白啊？」

「這是事實啊，我不說妳也能感覺得出來，這是改變不了的事實。這也是我們彪馬社將來會面對的事，問題是你們怎麼調整，怎麼找到自己生存的方式。」

「就像過去我們歷代祖先一樣？」

「就像你們歷代祖先採取的策略！」

「說了半天也還是回到這個話題打轉了。」

「是啊！這是根本的問題，恐怕永遠都是番社面對其他優勢族群的課題。你們氏族的祖先是這樣的，我們的祖先不斷遷移找生機也是這樣的。」

「哎呀，說著說著又沉重了。算了，別說了！關於胡傳的事我們再觀察吧！」

「也只能這樣子，不過他調升我當兩個地方的總通事，怎麼說也還是我的貴人，我得好好的引導他熟悉這裡的一切啊！這對我、對彪馬社也事件好事啊！整個東部地區番社的重心終於還是回到我們手上了。達達呀，妳可別忘了，妳是卑南覓的女王啊！」

「女王？我倒不這麼認眞想了，部落重建剛剛結束，別再發生什麼天災人禍，讓補種的穀物農作都趕得上結穗，明年不鬧饑荒，我就謝天謝地謝祖宗了。」

「哈哈哈，妳說的有道理！缺了糧，那可是麻煩的事啊！」

「對了，老爺，這幾天我想了想，關於孩子的事，我們……就乾脆找一個養子或義子吧，別再費心能不能生的事了。」達達忽然換了個口氣，舒緩的說。

張新才也倏地不語，動作緩慢的取了菸袋，塞了菸絲到菸斗，沒立刻燃起，抬頭往院子外望，又看了看達達，才點起菸，吸了一口，緩緩吐出。

「怎樣，你怎麼不說話？」

「如果眞是這樣，我們也盡力了，就挑個好孩子當義子吧！」張新才表情浮現了一點落寞。

「如果不願意，也別勉強，我們再試試幾年。」達達了解漢人對於子嗣的渴望，補上了話想緩緩張新才的心情。

「唉呀，這麼多年了，我想我也得承認問題多半是出在我而不是妳，找個人家的孩子也是個辦法，早點進門也好再教育，畢竟我們不是尋常人家，未來我那些龐大的田產，以及妳拉赫拉氏族的期望也不能不考慮到啊！」張新才說。

「好了，光顧著說話，也該吃飯了，早點休息，明天還得忙呢！」達達伸過手臂撫了撫張新才的肩背。

一股情緒還是悄悄爬上達達心中。

家族延續最現實的還是子嗣的傳續，不論男女。沒有子嗣，一切空談，就算後來領養了孩子或者認個義子，是可以好好處理財產，但是一個講究領導權的顯赫氏族來說，領養與認義子，都不如由同氏族的其他家系繼承來得有正當性。達達很早有了這樣的覺悟，也認爲林貴「婚入」由拉赫拉氏族內「婚出」的家系，成爲部落的領導人，都勉強算是氏族內的權力遞嬗，但這個正當性或者繼承的純正性，總不如嫡傳來得更具說服力，就情感上總是有些旁落的感覺。自己無法生育，其實就意味著拉赫拉氏族，自十七世紀上半葉所建立起來的領導權地位，恐怕要在她達達手中結束，從此由氏族內其他家系名正言順的繼承。葛拉勞夠資格，但達達內心幽微處，還是升起了淡淡的絕望與認命。

這也是老祖宗的安排了，在我闔上眼睛見祖先前，我也只能盡量彰顯我拉赫拉氏族的最後榮光吧！達達抿著唇，心裡大聲的說。

關於胡傳的議論，在寶桑街的漢人圈子裡一直沒有平息，除了胡傳異於其他官員，勤於四處走動，到處探查記錄，他於初一、十五固定到各個廟宇燒香也添了不少話題。至於部落，因爲也沒看過聽過關於他的活動，所以在風災過後很快的不再議論他吉利與否。直到一八九四年（光緒二十年）的三月十七日，由張新才陪同胡傳到「利吉利吉」部落附近察探煤礦，引起當地阿美族人的反彈，才又被幾個部落所議論，猜測官府的意圖。而六月二十六日胡傳到「阿里擺」與「檳榔樹格」的勘查地形，要求兩個部落領導人跪地求見，才眞正引起以彪馬社爲首的幾個卑南族部落的戒心與反彈。

第二天上午一大早，「阿里擺」與「檳榔樹格」兩個部落領導人，請求彪馬社相關領導人一起商議，並且質問張新才關於官府對這件事的態度究竟如何？迫得張新才也不知該如何回應，直推說再問問。

沒等會議結束，達達便先離開會議場上，回了家，取了一個乾葫蘆水壺裝水，揹起了隨身袋，佩了長刀，紮了頭巾，解了馬韁，出了院子，遇見揹著背簍剛要下田上工的撒米央經過門口。

「小姐，要出門啊？這匹馬越來越漂亮了。」

「喔，撒米央，妳還好嗎？」達達右手牽著馬，又伸過左手牽了撒米央手臂，一起走著。她注意到撒米央頭巾外露的一綹灰白頭髮，心想這幾年她老得也太快了吧，沒來由的心裡一陣感傷。

「很好啊，今早起得晚，所以現在才出門下田。老了，天沒亮就醒來，天要亮了又睡著了，真是沒有用了，我的身體。」

「呵呵……妳的身體可硬朗得很，這個番社沒有幾個身體有妳好的，妳生病了是吧？如果是那樣，妳要吃點藥讓身體好起來，下午回來我請老爺幫妳抓個藥，今天下田，妳可別太累，多休息，晚上叫沙卡普過來取藥。」

「謝謝小姐，不瞞妳說，我確實生了小病，前天就渾身不對勁，老想睡覺，像是著涼了，一直打噴嚏流鼻水，身體熱熱的，我想，多休息吃點薑片應該就好了吧。」

「是該多休息的，身體才會好！」

「待在家裡也沒事，不如出來曬曬太陽，看看田裡還有什麼事可做？」

「呵呵……水稻跟小米都收了，過兩天各氏族要舉行海祭了，田裡還能有什麼事呢？」

「唉啊，到田裡不就摸摸這個摸摸那個呀，那裡一定有一些我們這樣的老人，想辦法種些地瓜、樹豆或者說話閒聊，很忙的。」

「也對。」達達揚起嘴角看著撒米央說。

兩人走著，說著。撒米央說起去年颱風過後，屋子重新建築，小米田重新播種，心情一直很不穩定，想想自己服侍西露姑女王，這些農事還眞不是她拿手的，好不容易開始學會，有了自己的小米田，正想開出一塊田來試種水稻田，就遇見這樣的颱風。還說起，部落人全部遷到新部落來，一些百朗家庭也住了進來，很多部落人的行爲改變了，生活習慣改變了，她很擔心自己以後不知道怎麼過生活了。還提了她的女兒沙卡普的先生前年過世後，自己帶著兩個小孩也不肯再找男人，她都不知道該怎麼幫她了。

兩人說著，走著，已經轉入部落南側的水稻田的牛車道路，達達忽然停了下來說：

「撒米央，來，妳坐上馬背去！」

「哎呀，這怎麼行，這看起來這麼可怕的東西，萬一摔下來怎麼辦？而且，這是妳的坐騎，我怎麼可以坐上去。」撒米央心裡頭早就好奇馬匹這東西，但她異常清楚這馬匹，形同當年她主子西露姑的八人抬大轎，現任女王雖然不講排場派頭，但是影響力與威望一點也不比西露姑弱，達達這種讓她僭越身分的提議，讓撒米央倏地回魂，精神瞬間清明。

「我知道妳想什麼，但是大轎子與這馬匹不同，就算相同，我跟伊娜也不相同，別想太多，我讓妳坐上去，是讓妳體驗一下騎馬這回事，撒米央啊，妳是何等豪邁的女性，我不相信妳一點也不想試試。」

「唉唷，妳這樣說，可是……」達達的話勾動了撒米央性格裡的冒險與豪邁因子，但，她還是覺得不妥。

「別可是了，於公，我是女王，我說了就算；於私，算一算妳就是我另一個伊娜，就當我孝敬您吧！」

「可是……這要給人看見了……」

「呸……別說了，誰不知道妳堅守本分的性格。這是我的命令，我出門前要妳上馬試試，檢查馬匹安不安全，乖不乖。這樣誰敢在背後嘀嘀咕咕啊？妳給我上去！」達達幾乎是推送著撒米央上馬。

「哎呀，小姐……小姐……哎呀，哎呀……這個馬背怎麼那麼高？哎呀……」

揹著背簍的撒米央驚呼著，慌亂著，忐忑的爬上馬背雙腿夾緊馬肚又興奮著叫嚷著，看在達達眼裡，也覺得有趣跟著笑了起來。一俟撒米央坐定，輕拉著馬匹沿著幾塊水稻田中央的牛車道路，慢慢的往前。馬背上的撒米央隨著馬蹄交迭輕輕搖晃著，從這個高度行進看景物，撒米央感到從未有過的新奇與震撼，以致張嘴無語。她想到她主子西露姑巡視時，總是在轎子上吸菸沉思著久久不語，她心裡忽然感覺一陣酸。那已經是多年以前的往事，而今這個年輕的女王，這個從小看著長大的女孩達達已經是掌控這裡的女王，也正以她的方式巡視這個部落地界，她們所背負的氏族壓力必然沉重，又豈是常人所能理解？搖晃中，撒米央想著，不停的掉眼淚。

達達一路沒多說話，伸手進隨身袋取了檳榔，邊走邊處理後，丟了一顆進嘴裡，也拿了一顆給撒米央。牛車道上，兩旁植有一些樹，但沒有遮去頭頂已經開始變熱的陽光，主僕倆，一少一老，一下一上，安靜的嚼著檳榔，各想著心事。

「達達呀，我讓沙卡普跟著妳服侍妳好嗎？」撒米央技巧的揩去眼淚說。

「怎麼了？好好的，妳說這個幹什麼？家裡已經有一些僕役了，不需要再來那麼多人啊，她還有小孩要照顧，不是嗎？」達達頭也沒抬起，直視著前方筆直的牛車道路說。

「的確是這樣，不過，小姐您出門總是這麼一個人，誰照顧您呢？」

「哈哈哈，撒米央啊，妳看看我這個打扮，佩了刀騎馬，只差沒帶一枝火繩槍，這卑南平原上誰敢惹我啊？再說，沙卡普陪著我，妳是要她兩條腿跟著馬屁股後面跑啊？妳別擔心這個啦，自己把身體照顧好，也幫忙照顧她的孩子啊。」

「哎呀，總是擔心嘛。喔，對了，我該這裡下了，我的小米田這邊進去。」撒米央指著右邊水稻田田埂，往裡走一排樹木旁的一塊長了雜草的旱田說。

這已經是部落南邊水稻田的邊界。去年風災以後，彪馬社有七戶人家願意嘗試改種植水稻，農作地主要就在部落南邊傳統的旱作小米田，一方面方便接連東邊的水圳，二方面張新才有意開鑿接引大巴六九溪當灌溉水，以方便進一步發展水稻田，所以鼓勵南邊幾戶人家試種，相關的技術與所需的種子，由張新才提供並找專人教授。為了配合新的稻田牛車的進出，還開出了這一條牛車道，連接通往西邊檳榔樹格部落的道路。因為是試種性質，水田的規模比部落東邊幾戶水稻老農家的水稻田小得多。

「想看看能不能種些地瓜，我知道妳愛吃。」撒米央補充說。

「嗯，試試看吧！」達達扶著撒米央下馬說，「我得出去走一走了，等妳身體好了，讓妳試一試騎馬奔跑的味道。」

「真的呀？」

「真的！」

達達話才出口，人已經登上馬背，沒等撒米央反應過來，蹬了馬往前奔去，引來撒米央失聲驚叫，瞠大眼睛看著達達，沒想到達達往前奔去不到二十步的距離，忽然急停，馬匹前半身抬起，嘯叫了一聲。

「小心！」撒米央大叫，卻見馬匹恢復著地，又快速往前奔跑，揚起一道塵煙。

「這丫頭！」撒米央驚嚇出了一身汗，又笑又責備的望著達達的背影飛快離去，逐漸變小。

達達沒等會議結束便急急離去，除了是不願看到張新才受長老們的質詢感到尷尬，最主要的原因，還是她忽然產生了幾個疑問：胡傳到「阿里擺」與「檳榔樹格」勘查地形，究竟是要勘查什麼？強迫兩個部落領導人跪地求見這件事又意味著什麼？難道台東州官府準備開始介入部落事務？她想起去年風災後與張新才討論關於胡傳性格以及對官府的疑慮，達達打了個冷顫。她沒向彪馬社領導的長老群解釋，起身便急急離去，牽了馬想要順著胡傳走過的路徑走過一遍，去看看到底怎麼回事。

這些百朗的官府終於要插手番社事務了。達達一個念頭升起，「哼」了一聲，馬背上，她弛了韁繩蹬了兩腳，讓馬兒保持速度沿著路徑向西奔馳。

三公里外，卑南山山麓西側，一個台階地形，騎著馬的達達，沿一條以兩個「之」字摺曲的山徑，穿越幾塊旱作田向上蜿蜒揚蹄。達達的出現，驚嚇到了幾個田裡農作的「檳榔樹格」部落人，都紛紛停下手邊工作，站起來觀望。

達達急停了下來，高聲詢問昨日官員到來時停留位置。那幾個農人，猜測她是傳說中的彪馬社女王達達，都擁了上來，好奇的看看馬匹看看達達的身形、裝扮，其中幾個男人還鼓起勇氣搶著話回答昨天胡傳等人停留的位置。

由旱作田往上坡行不到百步，已有八名「檳榔樹格」戰士佩了刀在部落入口，達達表明身分說明來意之後，戰士們爭先領著達達進入這個位置。
那是卑南山山麓西側台地地形最南的位置，由「檳榔樹格」部落入口分岔出一條約三人並排寬的小徑，貼著兩三個山麓摺曲的崖壁，往南行約二百步，便進入一塊平坦的地形。那是一塊離山腳平地約二十公尺高，面積大約有五十步見方的大小，地面有粗大石礫散布，稀疏生長有數種灌木與五節芒草叢的獨立空地。相對位置，剛好是在由彪馬社向西道路向北轉入「檳榔樹格」小徑的岔路口上方，因為樹木以及凸出岩壁的遮蔽，由下往上看，不容易發現這個位置。但由這個平坦空地往下看，卻能清楚的觀望到整個大巴六九溪南邊遼闊平原的風吹草動，連平原上幾條南北東西交錯延展的路徑，以及台地腳下那條，由彪馬社向西直抵「阿里擺」入口前，向西南連結「大巴六九」部落向北進入縱谷的道路，也都盡收眼底鉅細靡遺。
達達注意到，空地邊緣設有以木、竹搭建的瞭望台，有一條不甚顯眼的小徑在雜樹林中往下延伸連結到彪馬社向西的路徑。「檳榔樹格」的戰士表示，這是部落常設的監視哨，北邊也設有一站，前幾年呂家望事件時，他們幾乎是輪班睡在這裡警戒。達達只覺得這是個重要的地點，但不清楚胡傳究竟的意圖在哪裡。與「檳榔樹格」的戰士聊了一會兒，便離開動身往「阿里擺」的方向移動。
「阿里擺」部落早接獲「檳榔樹格」的通報，幾個長老與戰士在部落入口迎接，直接引領達達進入部落主要巷道，不少居民站在院子或自家門口迎接，也使得達達才下了馬，又立刻上馬緩騎著穿越部落接受歡迎喝采。「阿里擺」長老迎著達達抵達胡傳幾個勘查的地點，並說明他們是如何這裡量一量，那裡挖一挖，還叫部落領導人跪著回答關於部落飲水的來源。雖然事後賞了一些銀元還有布匹，部落領導人還是氣得幾乎一夜沒睡。

從阿里擺回來，見到張新才在家，達達開口便問：「老爺，你倒說說看，胡傳究竟打什麼主意？」

「我也不是十分清楚，只說是相度營地，沒多說什麼？我倒是讓番社的這些長老們問得不知怎麼回答，幹伊娘咧，眞是窩囊。」張新才臉色難看，說話間忍不住咒罵著。

達達看著張新才難得罵髒話，也覺得好笑，調理了一顆檳榔嚼了起來。

下午離開「阿里擺」，她幾乎是任由坐騎自己沿著道路回到彪馬社。她反覆思慮著胡傳所謂相度的營地中，「檳榔樹格」、「阿里擺」兩者究竟有啥關連與相似性，她猜想應是選擇作爲設立兵營的可能。「檳榔樹格」的空地原本就是作戰用途，作爲兵營比較可以理解，但是所看中「阿里擺」的位置，是部落入口不遠處的西南側，凸起的山丘下方，就令人費疑猜了。達達回途經過「檳榔樹格」入口，不自覺拉了韁繩停了下來，她抬頭望了望雜樹叢中不易發現的瞭望台，想通了一件事，心裡一急，蹬了馬飛快的往彪馬社奔去，才進入部落地界，又突然轉向北進入舊部落的舊路徑，不顧道路兩旁的茅草已經掩覆路面，快速的奔馳，發洩似的轉了一條又進入一條，把整個舊部落跑了足足三圈才放慢速度，讓馬兒緩步走回家。

「妳呢？聽說妳去了西邊那兩個番社，下午回家前又像發了瘋似的在舊社跑馬，嚇壞了附近放牛的孩子，通報巴拉冠，現在每個人都知道了這件事。」

「啊，眞是那樣啊？」達達停止嚼動，望著張新才，表情有些不自在不好意思。

「就是那樣啊，妳自己要當心啊，才摔了馬，別又摔了。對了，去了一天，妳看到了什麼？想到什麼？怎麼會那樣的跑馬？」張新才面部表情稍稍和緩，顯然一整天被部落長老追問這事，令他一直很不舒服。

「你抽個菸吧！」達達抹了抹嘴唇，看著張新才說：

「這也難怪別人樣那樣追問你。胡傳要設立兵營，恐怕要加強控制我們這些番社了。假如要設在『檳榔樹格』，是要切斷我們向西的聯絡與進出，那這樣子，我們將不可能像先前一樣，向縱谷地區自由進出收稅。假如設立在『阿里擺』，那他的目的是要監控大巴六九、阿里擺、檳榔樹格，以及進出縱谷的所有番社。」

「如果是那樣，也不難理解啊，縱谷出了事，像上次平埔社客家庄動亂時那樣，換作是我當官，我也不希望動亂進入卑南平原啊。」

「所以，就像我前一回跟你說的，官府不可能只是想管理你們這些移民來的百朗，他最終還是要插手管番社內部的事。」

「這……恐怕也是避免不了的事，都薙髮了，要指派番社頭人、逐年徵收稅賦也是遲早的事。」張新才猛吸了兩口菸說。

「唉，這該怎麼阻止呢？我們又該怎麼做呢？這個胡傳喔！」達達說著忽然也停止了嚼檳榔。

達達以及彪馬社眾領導人的憂慮沒有持續幾天，便得到了證實。胡傳在七月三日，帶著一些工匠再次抵達「阿里擺」，甚至往上的山坡地一處水源地勘查。但這一回沒有要求「阿里擺」、「檳榔樹格」兩個社的領導人出現。第二天，幾個官員帶領著幾十個包含兵勇、漢人移民在「阿里擺」那突出山丘底，著手清理樹木叢草，搭建幾個營帳，建炊事場；下午時間更有一批人帶著器具建材陸續抵達。接連十幾天一直到七月二十日，彪馬社南邊通往「阿里擺」的道路，已經被來來往往運送器材與補給資源的隊伍走出來，並擴建成為一條可通行兩輛牛車交會的道路。

這個情形令沿途幾個部落憂心。阿美族的馬蘭社在最初的前三天，於部落南北派置監視哨，並全天候人員留守在會所。彪馬社動員更多的人，守在南邊緊臨道路設置監視站。達達、葛拉勞更是先後前往「檳榔樹格」社那個瞭望台監視並與「檳榔樹格」幾個長老交換意見。「阿里擺」則在兵營開始動工時就騷動不安，部落內分裂幾個意見，主張抵抗、遷村、忍耐的意見分歧，部落瀕臨瓦解，十幾天內已經有不少的住家往更深山的地方遷徙。

台東州官府似乎也知道引起了一些騷動，擔心節外生枝，要通事張新才多溝通，但是溝通效果顯然不佳，就連達達也頻頻騎著馬到「阿里擺」附近遠遠的監視，而達達騎馬進出的蹤影，也引起部分兵勇的好奇與私語。

但這些都沒有影響建造兵營的工程進度。七月二十日兵營完成，二十二日胡傳作了一次巡視，二十四日一百多名武裝人員進駐兵營，二十五日胡傳再巡視一次。光緒二十年（一八九四）七月二十七日胡傳以臺東直隸州知州兼統領鎮海後軍各營身分進駐兵營，並召令鄰近幾個部落領導人於三十日上午約十點左右晉見。這一召見，卻也引起了不少的風波。

才過了中午時間，彪馬社領導人林貴的怒吼聲從住宅處傳送，那是近乎咆哮與指責的一連串怒吼，引來附近鄰家的關注，葛拉勞幾乎是在第一時間趕到他父親林貴的住宅。連達達也隱隱約約的聽見聲音，她沒理會張新才吸著菸生悶氣，自顧自的，好奇的朝那方向走去。

「阿瑪，您息怒吧，這對身子不好啊。」葛拉勞勸息著。

「死盜匪，他以爲他是誰？是百朗皇帝老爺嗎？」林貴嘶吼著，摘了頭戴的角帽，往牆角摜。

「靜下來啊，阿瑪，究竟發生了什麼事？」

葛拉勞急了，彎了腰撿拾牆角地上的帽，而院子陸續進來了幾個年紀大的長者，院子外街坊鄰居也遠遠的站立望著，不敢逾禮貼近觀望。

「怎麼說，我們都是番社的阿雅萬，就算不水酒招待，難道招呼我們坐椅子也做不到嗎？這些死百朗、土匪、沒有巴拉冠教育的騙子無賴，怎麼不都死在路上啊。呸！」林貴怒不可遏，隨性起了腳踹開廊前的一張椅子。

除了上一回因爲官員姦淫農婦的事情，部落人誰也沒聽過漢人鄭尚之子林貴，像這樣眞正的發脾氣怒吼，誰也沒聽過骨子裡流著漢人血液的部落領導人林貴，這麼惡毒的咒罵過移民而來的漢人，這可讓葛拉勞驚訝與不知所措。

「就算我們都只是一般人，我們這把年紀在部落也都是長老了，沒要你這遊魂一樣的胡傳多加禮敬，沒要你這個土匪豬尾巴小官員客氣招呼，難道連客氣這一個起碼的教養都沒有。呸！你這個將來死了見不到祖宗的死奴才。」

林貴狠狠的坐進前廊另一張座椅咒罵著胡傳，又忽然站了起來，「嗚……」的嚮起嚎泣聲哭泣起來了。這情形嚇壞了所有人，達達才要進院子，也被這個情形驚嚇而呆立在院子入口。

「說了你們也難相信。」林貴的聲音軟下來了，伴隨著啜泣聲，「那個叫胡傳的官員，居然要他底下那些小官對我們喝斥，從門口跪下，一路跪行到他面前領賞然後一起跪著聽訓。」

「啊！」眾人不約而同發出驚叫，不可置信。

「我們一群老人，一個一個的被點名跪著爬進去，我們是沒有腳嗎？我長這麼大誰讓我跪過啊？我們連在巴拉冠也沒有這樣對待我們的小孩。這些野蠻人，這些該死的百朗，自以爲什麼都懂。呸，他說的那些什麼道理，隨便叫一個巴拉冠的萬沙浪都能說得比他更像人話。這些錢幣又有什麼了不起？這樣羞辱我！」林貴淚水停了，說話同時從懷裡掏出了六枚錢幣，朝院子地上撒去，語氣又變得嚴厲。一抬頭剛好看見呆立在院子口的達達，「達達呀，妳知道嗎？妳家新才居然是站在裡面，跟著其他官員看著我們一個一個跪著進去，不發一語。這樣對嗎？難道他不知道我們的習俗嗎？難道他不能勸一勸那個長著豬尾巴頭的胡傳嗎？」林貴以從未有過的眼神瞪視著達達。現場一片寂靜，每個人壓抑著呼吸注視著林貴。

「阿瑪！」達達大聲的喊著。

她被林貴近乎責備的瞪視，搞得有些冒火，加上林貴指責張新才的袖手旁觀，也有那麼點令她感到尷尬不知如何自處，她趨近林貴說：

「阿瑪，這是他們百朗官府的規定，一般百姓晉見官員都是這樣的。那個胡傳把各位阿雅萬當成一般人，的確是擺明了要羞辱人，這一點我絲毫不懷疑。新才不過是一個通事，沒有能力干涉這樣的規禮，他現在就窩在家裡自責與慚愧著呢。阿瑪呀，這件事過了明天，如果您仍然覺得不能原諒新才，我就休了他，要他滾回西部，或者要我砍了他的頭給您謝罪都可以。不過，這個屈辱是胡傳以及他手下那些狗官弄出來的，如果您不反對，我願意打前鋒，明天就招集巴拉冠的戰士，我去討伐他，要他那個豬尾巴腦袋落地給您謝罪，到時您再來定新才的罪愆吧。」達達高聲的回答，令在場的眾人忽然沸騰，不少人包含男女高聲喊著要跟隨殺掉清軍。

「對！」林貴稍稍提高聲音說，「離開那個鬼地方時，我們幾個阿雅萬都這麼認為，這是一個恥辱，我們各個番社，不管什麼族，都一致認為我們應該趁著他們還未穩固時一舉剷除。」

「什麼時候動手？大家有商議了嗎？」葛拉勞問。

「這倒沒有。」林貴的語氣恢復了常態。

「如果那樣，我們得好好策畫一下，聯絡其他鄰近的番社，趁清軍剛剛住進來，直接襲擊那個地方，剷除掉胡傳。阿瑪，你放心，雖然我是女人，力氣沒你們男人大，但是帶著戰士，調度人員打仗我還不算差，我願意打前鋒，把胡傳的腦袋砍了！」達達說。

「別忘了，還有我呢！」葛拉勞說著，將撿拾起的六枚錢幣交給了林貴。

林貴家的院子，忽然間瀰漫著濃濃的戰鬥氣息，而院子外站得遠遠的圍觀民眾對於林貴停止嘶吼以後的情形，不再感興趣，逐漸各自離去。

用過晚餐，幾回菸斗之後，林貴完全從憤怒屈辱中清醒過來，想起胡傳敢這麼囂張跋扈，必然比先前「理番同知」時期更有把握，加上呂家望事件之後，官府對於對番社用兵應該更了解與有信心。彪馬社好不容易穩定下來，眼前人口逐年增多，新闢的田產也漸漸發揮產能，這要眞打了起來，根本拔除不了大清朝廷這些在卑南平原的勢力，彪馬社所擁有的一切恐怕要付諸流水了。這是沒意義的仗，呂家望的殷鑑不遠啊！林貴不禁打了個冷顫，他起身走去葛拉勞的住屋，適巧，葛拉勞與達達正在院子交談。

下午近傍晚的時間，葛拉勞帶領了三元、金粟等幾個機伶的萬沙浪攜帶飲水乾糧，離開彪馬社，趁著阿里擺族人下田收工回家的時間，混進兵營附近幾個據點埋伏觀察營區作息與動態。而達達藉口散心，騎著馬到幾個部落走走探口風，發覺幾乎所有部落的領導人除了餘怒未消，並沒有準備眞的要採取實際行動的打算，換言之，在離開兵營時大家也不過是隨口說說的發洩。

「如果是這樣，我就放下心了，我們這個仗打不起啊！」林貴表情舒緩多了。

「可是，阿瑪，你受的屈辱怎麼辦？」葛拉勞說。

「屈辱？哼，比起番社興亡這又算什麼？」林貴搖搖頭，「這是現實問題，彪馬社才剛要穩定下來，我們得積極累積實力重新取得卑南平原的掌控權、發言權。剷除不掉官府，就讓他們繼續成爲助力，我們犯不著這個時候翻臉，我們忍一忍，教訓他們的時機總會來的！」

「那這樣，三元那些人要現在撤回來嗎？」

「暫時不用，既然已經派出去了，就讓他們好好觀察那些官兵一整天的作息，萬一將來發生衝突，我們好有所對應。達達妳覺得呢？」林貴轉向達達問。

「一切以您的意見爲主，只不過新才覺得對您過意不去，一直自責。」

「哈哈哈。這又不是他訂定的規則，他在裡面確實也爲我們說了不少好話。對了，官府決定每個月給我們這些阿雅萬一些錢幣、衣料，作爲餉銀，說什麼從現在開始稱我們是『土目』，算是官府認定的番社官員。呸！自己番社的阿雅萬，什麼時候要變成他們百朗最低階的官員了，我們的尊嚴要往那兒擺啊？」

「這……」葛拉勞想說什麼又閉上嘴。

「這樣吧，明天我們把氏族的長老們都找來開會。我決定交出領導權，我老了，我沒辦法接受他們的要求，每個月去晉見時，必須由門口跪爬著進去。」林貴輕皺著眉頭說。

「照這個情況看來，我也不可能跟著那樣去見那些官員。葛拉勞，你是個適合人選，我支持你。明天會議裡，我將以拉赫拉氏族領導權的繼承人，支持你成爲下一任的阿雅萬。」達達說。

「這怎麼可以，拉赫拉氏族畢竟是傳統領導的家系啊，過去的傳統怎麼可以就壞在我們手裡。」

「這沒什麼不可以的，我的氏族一開始也不是領導家系啊！支持你繼任絕不是問題，只不過，按照體例，我仍是彪馬社女王，仍然是這個平原所有番社的女王，在我活著的時候，這一點我必須堅持。」

「達達呀，這是對的，我跟妳伊娜的關係就是這樣，我做阿雅萬，負責執行征戰以及行政庶務，並不影響西露姑統領彪馬社以及其他同盟番社的實質權力。妳放心，我活著也會盯著葛拉勞遵守這個禮儀。」林貴說。

「既然是這樣，我也不能眼睜睜看著阿瑪繼續受辱，我接受便是了，但是姊姊請放心，這規矩我是懂得。」

「不聊了，我得回去看看我家老爺呢。」

「喔，達達呀，替我跟新才問好，說一切沒事，別放在心上。」

彪馬社第二十二代領導人似乎是產生了，就待第二天部落長老會議上，推舉並通過承認。

第二天，長老會議通過葛拉勞成為彪馬社第二十二代領導人，為了尊重拉赫拉氏族的獨特性，以及因應台東州的政策，成為帶有半官方性質的「土目」，葛拉勞同時也宣布創立自己的家號「瑪西嘎特」，放棄享有拉赫拉氏族所帶來的領導權利益。

葛拉勞的決定有一點突然，令達達稍稍感到落寞，沒有怨恨，就只是單純一種失落感。但這失落感，很快的被昨夜帶領戰士埋伏觀察兵營的三元所帶回來的資訊給沖淡。

今晨，天才剛剛破曉，胡傳的營區就已經開始騷動，炊爨的，收拾寢具的，各自忙碌。黎明吃過早餐，等天完全亮了，所有兵勇一半站上了牆上，一半在外圍圍牆內站立。

約半炷香時間，兵勇們又就各自的射擊位置演練進入移動的方式。

這些訊息聽在林貴耳裡，心裡慶幸先前沒有進一步的襲擊，顯然胡傳早有所防備，或者這是他設立新營房的習慣，表現出他手下的兵勇，有一定的常規訓練，換句話說昨天以前眞要莽撞行動，番社可討不到便宜啊。

「達達呀！新才怎麼稱呼他們那個地方啊？」會議結束前，林貴問。

「營頭！」

「營頭？」

「對，統領與兵勇駐紮的地方。」

「有三百個荷槍兵勇的營頭，設在我們幾個番社進出的要道上，這胡傳也還眞不是普通人啊，看來我們得受不少的限制了，不過，這可是你們年輕人要費神的了，我老了，管不到這些事了！」林貴感嘆，而其他長者似乎也有同感，頻頻點頭。

第九章

乙未年，卑南覓風雲

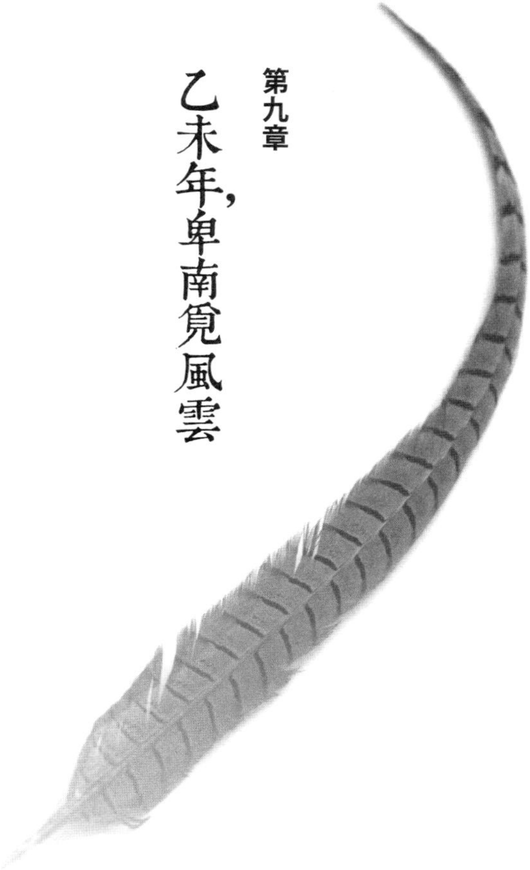

胡傳設置阿里擺兵營並駐紮的風波並沒有持續太久，除了部落領導人每個月頂著官府「土目」的土官官銜，前往領餉聽飭令需要一路跪行進入叫人不舒服之外，其他人是感受不到有什麼不便，反而因爲兵營營舍需要修繕或其他修路等勞務，提供了「阿里擺」或「檳榔樹格」幾個部落某些工作機會，加上胡傳似乎刻意加強管束與訓練，擾民的事件極少發生，令附近居民最初的戒心與排斥沖淡不少，原先已經躲進山區的阿里擺居民又陸續回到部落原居地。

彪馬社的情形也大致相同，眼見營頭的作息規律，胡傳本人經常四處走訪記錄，並在每月初一十五到廟裡上香。不到一年的時間，原先預期會干擾部落運作的情形沒發生，彪馬社上下似乎也逐漸接受這樣的事實。

達達感嘆著時勢總是存在著可猜測與不可捉摸的頑獰性，她注意到胡傳的兵營或者其他地方的駐軍沒有騷擾的情況，但也聽張新才不下數次的提起，官員之間似乎瀰漫著一種不安。撇開這些猜疑，達達還真慶幸一開始彪馬社沒衝動發動攻擊，而專注在「休養生息」這一件事。

這幾年大家忍著被奚落被質疑不參與周邊的衝突，忍受著遷移開闢新田產的開荒艱苦，忍受著風災水災震災接二連三的襲擊。部落總算是上下齊心致力於生育生產，在陳安生、張新才以及部落內規畫的漢人移民的協助下，無私心的領導人與聰明勤奮的族人，憑藉著與漢人無異的農務工具與技術，水稻田逐漸增多，產能變高，加上南北兩溪床附近沙礫的有效運用，小米田沒有受到水稻田農作排擠，產能仍然保持相當的水準。人口雖然不可能回復到鼎盛時期的近兩千人，卻逐漸回復到八百人左右，總是值得安慰。另外，穀物除了家族食用、部分變賣，剩餘儲量大致可以維持現有人口三到五年的食用量。耕種技術提高了，糧食變多了，經濟有了明顯的改善，與漢人往來更密切，男人買槍械、農具、工具的也增多了。狩獵變得更輕鬆有效率，器具製作的熟練也減少工作負擔增加效率，彪馬社有了很不同於過去的景象。

「伊娜應該會稍微高興一點吧？」達達忽然說。

「怎麼了？伊伐[1]。」

「沒事，忽然想起伊娜了。」

「伊娜……她很漂亮嗎？」

「嗯，漂亮又能幹，最愛乘坐那種八個男人抬的轎子，沿著我們剛才來的路一直往西走然後又往北走，然後再往南走，去看一看我們這裡的田產還有族人。」

「轎子？要八個人抬？那一定很有趣的，伊伐，妳怎麼不坐那個呢？」

「呵呵……那多麻煩啊？那麼多人跟在旁邊，想下來摘野草莓、桑椹，我們要像猴子一樣用搶的喔？還有，想要尿尿，這麼多人怎麼好意思啊？」

1 對兄長姊的稱謂。

「哈哈，也對，很多人在一起很麻煩，每個人想的事都不一樣，有的時候還要勉強自己跟著別人做自己不愛做的事，不跟著做，別人又要嘰嘰呱呱的說更難聽的話。還是伊伐這樣好，自己騎馬，愛上哪裡就去哪裡，要快就快，要慢就慢，要停就停。將來我也要自己有一匹馬。」

「咦？貴英啊，怎麼聽起來，好像誰欺負了妳，是嗎？」

達達騎在她那棕黃色馬背上，前面抱著她十歲的小妹，陳安生與西露姑晚年生的小女兒陳貴英。兩人一起騎在部落通往南側稻田的牛車道上，顛危著上下著搥蹭著身子交談。陳貴英一向體弱安靜，出生甫不久，就由西露姑託了奶媽照養，甚少與王府家人往來。達達與她另一個妹妹蘇里姑沒事也會去看看她，但年齡差距大，雖是血緣的親人，平時也不怎麼親近。達達偶爾會注意到平時陳貴英跟部落小孩玩在一起，總是安靜被動或者旁觀跟隨。剛剛陳貴英有所感似的，貼近達達自己過去幾年經驗的答話，讓達達擔心她受了欺負，而她從未注意過。

「沒有啊，誰敢欺負我？我是女王達達的妹妹呢。我觀察到的啊，那是很容易就觀察出來的，不是嗎？」

「呵呵……的確是那樣子，妳眞是個聰明的孩子。不過，我們還是要走進其他小朋友的圈子裡，多跟這些一起長大的夥伴建立好的關係，他們會是妳一輩子的朋友。」

「嗯，我知道了，伊伐，我跟妳說，我有很多好朋友喔。」

「眞的，他們是哪些人呢？」

「喔，就是他們啊。」陳貴英伸手指著牛車路分岔口，往西的方向，一群小孩子。

「他們？哈哈哈……」達達騎著馬正要轉入岔路口，順著陳貴英手指的方向，注意到一群小孩列隊著行進，她忍不住笑了，又覺得失禮，急忙摀著嘴。

那群小孩約八九個，牽了四頭沒下田工作的水牛放牧而回。每個牛背上坐著一個女孩，挺直地坐著，頭上紮著一條以茅草編織的寬草環，腰間都佩著一支短棍當成佩刀。每頭牛都由一個男孩一手牽著，一手執著一根比他們身高高約兩倍餘的竹竿，竿尾朝天，多餘的一個男孩，則在牽牛男孩前方執起一根長竹竿。像是一個列隊行走的隊伍，安靜的肅穆的前進著。達達看不出他們在幹什麼，只覺得一群小孩學著大人列隊行走很怪異也很有趣，忍不住又笑了起來。笑聲驚動了那些小孩回頭看，見到是達達，每個人驚慌失措的紛紛拋開竹竿，女孩也扯掉頭上的草環不知所措，讓原本笑開懷的達達僵住了臉。

「你們……，你們在幹嘛？」

那群孩子都停了下來，有人低頭，有人怯生生看著達達。

「伊伐，妳嚇著他們了。他們在玩遊戲啦！」

「遊戲，什麼遊戲？」

「就是……，那些女生都在學妳騎馬巡視，腰間佩刀，頭上紮黑色的纏髮布。妳看她們的木棍，還有草編的環，就是那樣的意思啦。我們都見過妳騎馬巡視的樣子，覺得很威風。」

「妳玩過？」

「當然啊，那很有意思呢，可是牛背跟馬背不一樣呢。」

「當然不一樣啊。那……那男生呢？」

「男生就是……怎麼說呢，我們聽那些大哥哥大姊姊說，以前妳帶了番社的萬沙浪一整排一整排去其他的番社巡視，那些萬沙浪就是這樣舉著長矛走在前面，還有走在旁邊保護妳，所以，他們就學著那樣。」

「這樣好玩嗎？」達達想不透一個小孩神情肅穆的舉著長竹竿，儀式性的走著有什麼好玩的。

「好玩，很好玩，一整個人好像被什麼架了起來，走起來感覺很威武很厲害。」

「什麼？這個妳也玩過？」

「玩過啊，伊娜[2]不准我跑到外面玩，只准在這個時候，他們放牛回來時跟他們一起玩這個，我通常會提早去找他們，幫忙編草環。然後輪流玩這個遊戲，等一下，就換男生爬上牛背，女生舉竿子。」

達達聽著陳貴英的解釋，眼神掃向那些安靜的站立又忐忑不安的小孩，搖搖頭笑了笑說：「哎呀，你們這些小孩，還眞能玩啊。來，每個人騎我的馬，走一段。」

小孩沒理解達達的話，陳貴英卻大聲喊好，自己不斷拍手，與達達都下了馬，還主動招呼其他小孩騎馬的順序。顧慮到安全，由達達幫忙上下馬並牽著馬陪走，其餘任由陳貴英安排其他小孩依照玩遊戲的排列往前行走。一群小孩帶著四隻牛，嬉笑著輪流體會騎馬時而驚呼時而大笑。

達達大笑中不免感慨，那年的巡視的確風光了一時，但「彪馬八社聯盟」究竟還是沒能重新形成。才七年前的時間，接二連三的發生戰事、天災，所有的預測、計畫、擔心與期望全都亂了。別的不提，當時最強悍、擁有實力影響四十幾個部落的呂家望，已經被清軍海陸聯軍擊潰，分裂成兩大三小的部落；而當時才剛遷移而來的馬蘭社，首領馬漢罕現在已經是周邊三十幾個阿美族部落的共同領袖，馬蘭社人口也擴張到了一千二百多人，有些青年已經開始零星地向彪馬社青年尋釁。

看來，番社的威脅永遠也不會停止出現，現在是由西邊轉向東邊，以後呢？達達思忖著，一路又陪著小朋友帶著牛隻進入部落。

這是光緒二十一年（一八九五）三月，達達思索著今年三月小米疏苗完工後，需不需要擴大舉行慶祝，想起她幾個姊妹許久沒聚聚，她在中午時間派了僕役通知大妹蘇里姑，今晚將到她家一起用餐聚會，下午接近傍晚時間，便騎著馬接了小妹陳貴英走過原

2 這裡指照養她的奶媽。

野、巡過田產後到蘇里姑家中。

達達在稍晚的時間回家，看見張新才一個人坐在大廳抽菸，茶几上的茶似乎沒動過。

「老爺啊，吃過了沒？」

「喔，達達啊，吃過了，怎麼回來得這麼早？」

「不早了，想著事，所以趕著回來。」

「想到什麼事？這麼急的。」

「我在想……等等，你讓我點個菸。」達達取了菸斗塞了菸絲，點火，吸了兩口。

「我是想，今年小米疏苗的工作就要完工了，你看，我們要不要擴大慶祝啊，一方面給番社沖沖喜氣，二方面算是慶祝新的阿雅萬接任。」達達說著，煙霧隨嘴巴張合而一團一團濃淡逸出。

「這個……」張新才沒立刻接話，吸了口菸，吐出，才開口又倏地收口。

「怎麼？今年沒賺到錢？」

「不是，除了鴉片煙，今年賺得比以往多得多。」

「怎麼？那些兵勇不抽鴉片了？這樣也好，鴉片沒賺也好，那害人的東西。」

「要那些兵勇不抽鴉片，那可是要人命的。胡傳剛來的時候，先解決了這些兵勇的餉錢，讓他們按時領到餉，兵勇感激了。接著胡傳下了命令，要他們戒煙，不戒的解雇送回西部，起初大家群起抗命，胡傳也不生氣，立刻寫了奏摺，要台南重新招募調派人手替換這些兵勇，結果這些人誰也不願回西部。這一軟一硬的，一千多人，後來只一百多人戒不掉遣送，所以這錢也就沒得賺了。沒賺也好，這黑心錢啊。」

「呵呵……黑心錢，你不也賺了這麼多年？」

「我們不賣別人還是賣，那些小商販，難保不抬高價賣差勁的煙膏，那更傷害人的，這買賣啊還是要些良心的。這鴉片啊，買在前，賣在後；不買，不賣了，最好。」

「既然也還賺到錢，我說的事你怎麼說？」

「緩緩吧，最近局勢相當詭異，我們省著點，一動不如一靜吧。」

「又怎麼了，誰要造反？馬蘭社嗎？」

「不，聽說朝廷跟日本打起來了，很多謠言說那是從去年胡傳進駐阿里擺就開始了，台東州府的官員都閉口不談，但每個人卻憂心忡忡。我這幾回去了枋寮、打狗，也聽了不少零零碎碎的謠傳，說北洋艦隊被日本艦隊給消滅了，連提督丁汝昌都死了。」

「聽起來是大事件啊，你說的這艦隊什麼的，又是什麼東西呢？」

「妳忘了幾年前，開到台東海面的大船，直接從海上開砲打呂家望的那些船，據說被日本擊沉了，因此那個提督丁汝昌自殺死了，還聽說清兵在朝鮮也死了幾萬人。不過這些消息都沒有被官府證實，最近來了幾個西部的商人，也提到市場到處都有些這類的謠言，聽說有些地方加了稅，有些貨物也忽然貴了一些。」

「老爺啊，這些離我們這麼遙遠的事，對我們有什麼影響？如果真打仗了，什麼時候結束呢。你們不是說，百朗的皇帝老爺可以動用的資源很多嗎？」

「唉，對付番社，或者地方，朝廷可以動用的資源的確多，但是對付西洋或東洋，那就不一定呢。算一算都九個月了，如果打完了應該會有明確的消息，但是現在的官員沒人談及這件事，卻都憂慮著什麼，這太詭異了，依我的判斷，這件事還沒了，我們得再觀察。山雨欲來啊。」張新才不自覺最後說了一句漢語。

「你說的這一句是什麼意思呀？」

「喔，就是可能有大事情要來，氣氛詭異的意思。」

「哎呀，問你的事情都攪混在一起了，你沒事別說那些我聽不懂得話。對了，我們要不要找葛拉勞以及其他長老商量。」達達已經停止了吸菸，菸絲在菸鍋內燃燒，緩緩升起細細碎碎的煙霧。

「還不要吧，事情還沒明朗，說了造成擾亂。我覺得中間有些蹊蹺，現在起，我們保守一點，多累積糧食錢財。還有，多鼓勵番社各戶，有機會就購買槍械彈藥。」

「你說得輕鬆，官府怎麼會允許我們明著買槍械啊。再說，這麼嚴重到要準備槍械？上一回呂家望跟官府打起來的時候，也沒這麼緊張啊。」

「不知道啊，上一回情勢明朗得很，只要防著官府和其他番社對彪馬社趁火打劫，大致就沒事了。但這一回，我異常的感到不安。」

「是因爲日本人的因素嗎？距離那麼遠，你會不會把日本人想得太厲害了啊，是你想太多了吧？」

「也許是這樣吧，但願是我憂心過頭了。不過，時局什麼時候亂，總不是我們掌握得住的，既然有了跡象，先準備好總是對的，槍械的事，我找人想想辦法，唉，眞叫人擔心啊！」

「如果是這個樣子，這事情就暫時擱著吧，原本還想趁這個機會邀約卡地步的人一起來歡樂，順便慶祝他們的遷村大致完成，拉攏拉攏一下人心呢！」達達語氣略顯失望，但她能體會張新才的憂慮，自己也憂心未來眞如張新才所憂心的一樣。

「喂，老爺啊，你提到買槍，可記得替我找一枝啊，最好就前一次官府攻打呂家望用的那種連發槍，看起來輕便些。」

「什麼啊？妳還眞是個番婆，拿鍋碗瓢盆妳不屑，玩刀弄槍妳興頭就來。」

「唉，你懂什麼，我是達達，騎馬的女王，卑南覓獨一無二的女人，不配一把槍，難道要我執長矛啊？」

「呵呵……說不過妳，那槍我得找一找，妳別急得天天吵著要啊。」

「呸啦，我什麼時候煩過你啦！」達達難得嬌瞋的瞪著張新才說。

張新才的憂慮並非無所本的胡亂猜想。

中日的甲午戰爭，是從去年（一八九四）七月二十五日的「豐島海戰」開啓了序幕，接著八月一日兩國宣戰。那時胡傳剛剛遣送妻女離開，正努力的構築「阿里擺」兵營，準備以統領身分進駐。一般黎民百姓大致不會注意到這個，也不可能聽到相關訊息，台灣東部更不可能有人知曉這等國家大事。但打了幾個月，關於戰爭傷損了大清的北洋艦隊，陸軍兵勇死傷慘重的傳言，就很難避免在里坊間傳開。張新才去年底一次到枋寮做買賣時，就親耳聽到一個衙門小官員在交易市場宣達。說近日倭寇內賊四處製造謠言，企圖製造混亂哄抬物價賤殺田價，要鄉民禁止謠傳，查獲一律重懲，檢舉倭寇內賊或協助官府捉拿者，一律重賞。這一宣布，原本的謠言有了依據，傳得更凶更繪聲繪影。當時張新才沒有特別留心，但幾個也同樣從事番產交易的同業，有幾個人提及了這件事，甚至牽扯到日本的陰謀，但誰也沒能湊出全貌。張新才敏銳的思維，認爲這場遠在北洋的海戰陸戰，連枋寮這個漢番雜處的偏荒之地都有一些謠傳，可見內情不單純。問題是，中日之戰與台灣何干？張新才百思不得其解，回到台東又無可商議之人，因此憂慮了數日。

往後數月接踵而來的幾件怪事，卻讓整個彪馬社，甚至鄰近幾個部落感到不安，張新才更確定諸多流言是事實的可能性。

第一件事是，台東州知州兼統領的胡傳於今年（一八九五）六月五日匆匆離開，由州官張振鐸代理知州，中營則由袁錫中兼統領駐於台東州府[3]，阿里擺僅留十名駐守。第二件事是，最近沿山的部落「達魯馬克」[4]、「呂家望」、「大巴六九」還有縱谷靠中央山脈的幾個部落，都陸續出現一些兵勇，拿槍到部落換衣換錢然後離開，據說也有留下想當部落人的。另外越來越多由西部來的陌生人，聲稱西部的一大半已經被日本打下來。第三件事情，縱谷北邊以及東海岸地區，已經被當地駐軍要求提供借錢借糧食。這三件事大多已經得到證實，彪馬社方面幾個氏族領導人也不時聚集商議，甚至到達達住處議論如何因應。

時局儘管令人浮躁不安，經過大半年，到了十二月二日，彪馬社大致也還都保持表面上的平靜，農業畜牧依時序進行，小米稻米收穫量都不遜往年。上個月達達的坐騎因故傷了左前腿，張新才把黃馬賣了，又輕易的由一個官員處，以極平實價錢購得鞍具完整的一匹白底灰黑斑的成年馬，送給達達當坐騎。達達覺得新奇，與白馬相處了幾天之後，趁上午沒事，繞著彪馬社以及西往「檳榔樹格」的道路跑跑馬。回程的路上接近彪馬社西南方的入口，奔馬中見到一個佩了刀的青少年，急急的往達達的方向奔來，見到達達注視著他，他停了下來舉手示意。達達直覺是個通報消息的青少年，勒馬停在他身旁。

3 今之台東舊火車站。
4 今之卑南鄉大南舊社。

「什麼事？」

「伊娜，阿雅萬以及長老們在巴拉冠等妳。」青少年喘著氣說。

「好！」達達才說完立刻蹬了馬腿，那白馬竄了出去。

「唉，這馬，還差了點啊。」白馬往前竄了十幾步，達達喃喃的說。

巴拉冠建築室外，已經排了幾張長條椅，幾個氏族的長老以及部落前後領導人葛拉勞父子也坐在那兒，另外兩個陌生人挨在張新才身旁的座位上。見達達到來，張新才起了身接過馬韁繫在一棵檳榔樹幹上，達達的翻身下馬引起那兩個陌生人的好奇注視。

「姊姊妳來了，我們正等著跟妳商量這事，看要怎麼決定。」葛拉勞不等達達坐定，接著說：「這兩位是我們南邊的家人潘文杰派來的特使，特地來跟我們通知一件事，我們幾個討論了很久，想聽妳的意見啊。」

「怎麼啦？」

「是這樣的……」葛拉勞把剛才那兩位被稱爲特使所說的，以及大家論討的一些事綜合說了一遍。

大清國跟日本國去年（一八九四）七月開戰，到今年四月打完，大清國戰敗，簽了條約，把台灣割讓給日本。日本的軍隊在五月底在北部登陸後一路往南打，到了十月二十一日攻陷台南，整個西部目前已經沒有清軍了。到了二十四日日軍也占領了恆春，恆春出張所所長相良長綱爲了減少不必要的傷害，所以在十二月二日指派潘文杰率領五十名隨從到卑南覓，希望與彪馬社「土目」葛拉勞商量出一個好的合作方式，保護地方的安寧。他們一行人在巴塱尉被清軍攔截，沒收他們槍械而且還不准他們過來。但是潘文杰還是希望能夠親自見到彪馬社「土目」葛拉勞，所以請使者來告知，目前局勢緊急且處在關鍵的時刻，請務必前往商議。

「等等，葛拉勞，你說的我大致了解，其他那個大清跟日本的什麼，我搞混了。我先問一問新才，你知道情勢的呢？」達達打了個岔，轉而問張新才。

「嗯，我知道的局勢大致就是平常跟妳說的那些，不過我再說一遍讓大家明瞭。其實從上個月起，清軍中營的糧食，已經開始向我借貸，可見這個情勢是嚴重的。聽說台灣已經割給了日本，但是官府沒有進一步確認，而現在東部還是有上千個兵勇，如果割讓是事實，日軍沒來，清軍還沒走，這個時間點上，我們還是不宜輕舉妄動，先把事情弄清楚再說。如果眞的是日本人要來，我希望他們快點來、局勢趕快穩定下來，時間拖久了，這些清軍的兵勇缺糧缺餉一定會成爲大亂子。」張新才說。

「照這樣子，潘文杰派人來說的事是眞的了。」葛拉勞說。

「所以，我們更應該去聽聽看潘文杰怎麼說了。如果各位討論這麼久是因爲不知道派誰去，那麼，我去好了，騎馬前往半天就可以來回。」達達說。

「這怎麼成呢？時局這麼亂，路上不平安，妳英武神勇，去了當然不會出事，但是這點小事要女王親自出馬，彪馬社可是要成爲全卑南覓所有番社的笑柄。」張新才非常技巧的搶先開口阻止。

「這的確不太好啊，第一次與人碰頭，要葛拉勞出面也沒道理。這沿路好幾道清軍的哨口，走得快不如走得隱密；一個人去，總不如幾個人一起，相互有個照應。」其中一個長者說。

「還是我去吧，我見過潘文杰，由我帶著金粟還有幾個人去比較適合。我們腳程快，身手也還靈活，帶些火槍前去查探，不是問題，你們幾位領導人就不用費心吧！」跟葛拉勞一直好交情的三元說。

「嗯，這樣也好，三元你先去了解狀況，再來決定往後的行動吧！」達達說。

「這樣也好，只不過苦了三元兄。」葛拉勞輕皺著眉頭注視著三元說。

「那裡，這是我該做的事。」

「這樣好了，就都別爭了吧，三元你們幾個早點出發，把事情問清楚。」另一個長老做結論似的站起來說話，而一直沒說話的退位領導人林貴也只是點點頭不語。

「見著了人，也請他們帶口信告訴日本人，說目前我們這裡因爲消息不甚靈通，清軍的部署與各個番社之間的關係也不穩定，如果日本有意進入台東平原，也願意協助彪馬社穩定台東的局勢，請日本盡快表明態度與採取行動，我們願意支持與提供協助。兩位使者也聽著，我剛說的就是彪馬社的態度，如果去了南邊見潘文杰，而三元沒把話說清楚，也請兩位補充說明。」達達補充說。

由三元代表的第一次接觸，顯然沒有讓恆春出張所太放心，十二月十六日再由潘文杰派一組人當特使前往卑南，並送來張新才的舊識王鳳鳴由恆春寫來的信，希望敦促統領袁錫中放棄抵抗，並鼓勵清軍前往恆春投降。這封信讓彪馬社長老群覺得需要進一步證實，如果屬實，最好及早建立必要的溝通管道，所以決議由三元編組護衛隊六人，護送葛拉勞藉黑夜繞過「巴塱尉」的哨兵進入恆春，親自前往恆春，十七日時會見相良長綱。因而進一步確認台灣西部已經盡落日人之手，只剩東部地區尚有完整的清軍武力。

但情勢的發展，已如洩出山谷的洪水浪峰，越過一巔又淹過一嶺，一發不可收拾。首先是東海岸至宜蘭間屯守的清兵約有七百多，包括由台北宜蘭潰退逃亡而來的殘軍，前前後後已經來了幾批代表前來借錢討糧，均遭彪馬、馬蘭等社拒絕，而東海岸數個阿美族小部落已經感受到威脅與不安，聯名向馬蘭大社馬漢罕求助。

第二件事是，一八九六年一月五日（光緒二十二年、明治二十九年），潘文杰帶著相良長綱的書信又前往卑南覓，招降清軍正副統領袁錫中、劉德杓，並帶回袁錫中以及張新才的書信。張新才表明目前台東地區的部落，大致已經同意接受日本的招順，但是也請恆春出張所，能盡量協助載運清軍回中國大陸，避免留滯台東而後因糧餉缺困掠奪地方造成騷擾。

第三件事是，一月底，清軍統領袁錫中潛逃，副統領劉德杓堅持留下，代理做最後抵抗。清軍一夕潰散，加上糧食無以為繼，僅靠張新才支援部分所需還是無法滿足殘軍所需，於是陸續出現三百多名的殘兵賣槍換錢糧，穿著一般交換而來的衣服，往枋寮東港一帶逃逸。以至於整個東台灣的清軍，只剩「花蓮港」[5]兩百名、「水尾」[6]六十名、「新開園」[7]百餘名、卑南地區百餘名，雖由劉德杓掛名統帥，但糧餉奇缺又不斷發生逃兵與掠奪事件，造成整個台東平原周遭番社、庄落的極度不安。三月初，劉德杓傳令各地徵收年度稅金，引起平原包括彪馬、馬蘭、卡地步等幾個部落的警覺與抗拒。劉德杓僅有一百餘名的兵勇不敢強徵，決定對勢力較弱的平埔社下手，一開始便由南向北發兵，聯合由北向南逃竄的李阿隆部四、五百名，燒盡平埔番社十一個庄社，掠奪錢財穀物牛豬，向各社收繳一千五百兩至二千五百兩不等，隨即向縱谷地區新開園方向集結整頓。

劉德杓搶掠之凶殘，引起卑南平原各社的警覺，除了超過五百人以上的大部落自成一個戰鬥體，其他在地理位置相鄰的小社，都想盡辦法形成一個小的軍事結盟，預防清軍或土匪襲擾。三月二十三日，馬蘭社領導人馬漢罕，也帶著台東地區三十二個阿美族番社領導人聯名的「誓約」書文求見相良長綱，促請日本及早採取必要之行動。另外，張新才與寶桑一帶總通事鄭成貴，也決定去一趟恆春親自見相良長綱。

中午，從部落會議場上回來，達達嚼著檳榔走在前頭，張新才也抽著菸跟在後頭，兩人無語安靜的走著，臨院子口，達達嚼著檳榔忍不住問：

「我說老爺啊，你當眞要去啊？路上這麼不平安。」

「怎麼能不去，剛剛會議上都說了。劉德杓已經聚集在新開園。卡地步、馬蘭兩個社也都先後向日本在恆春的官府表態了，這個時間點上，我應該去一趟再確認日本人的態度。」

「不過，你是個通事，又不是部落領導人，你去，能代表誰啊？」

「哈哈哈，我的娘子，妳糊塗啦？我張新才可是卑南覓第一的通事呢，我去走走串門子，不必代表任何一個番社，同時我也代表所有的番社。好吧，就算只代表我一個人去，妳想一想，袁錫中、劉德杓糧餉斷絕不繼的前一段時期，我出過不少力，現在雖然斷絕了資助，局勢也大致明朗了，這個時候更應該去見日本官員解釋這一件事，讓他們明瞭我的接濟不是爲了私利，而是爲了安定地方，不讓這些清軍殘將因爲缺糧餉向地方庄落劫掠，省得到時候日本人眞來了，來個秋後算帳算到我頭上。」

「哈哈，你說的沒錯啊，不這麼做，這裡早就亂了，萬一都成了廢墟等他們來了也

---

5 今花蓮。
6 今瑞穗。
7 今池上東南方錦園村。

沒意思了，算一算日本人還得感謝你呢。」達達停止咀嚼，揚著嘴角說。

「更何況，劉德杓退守到新開園，我估計他們加上新開園的一百多條人槍，一經整頓後，一定會舉兵報復上一回我們拒絕提供糧餉的恨意。如果能說動日本人早一點出兵，我們糧餉省了，說不定也不用動用到兵力來打仗，造成自己傷損。」

「哎呀，你眞是個機伶人，眞是個頂尖的通事，連這個都算計到了，不愧是我達達的老爺。這樣做就對了，做任何決定幹任何勾當，可別折損我彪馬社的任何戰士啊。」達達的笑聲頗有得意之韻，「就照你說的，我找妹婿金粟編組一隊人馬跟著去保護。」

「不用大陣仗，我跟寶桑的通事鄭成貴一道去，順便爲寶桑街討個情面，除了抬轎人，另外再派兩三個槍兵即可。」張新才繞過達達，走在前面進入院子，呼了口菸，神情難得出現了一點輕鬆。

看在達達眼裡，心理不免一陣唏噓。

都說彪馬社是卑南覓的盟主番社，擁有絕對的主導權，但是從呂家望的薙髮事件以來，雖然還勉強的被官府重視與借用，其實根本已經被事件本身所邊緣化了，最後反而是沾了官府的光，在勢力重組的過程中重新取得位置。彪馬社過去對漢人的朝廷官府是如此，看來日本人來了也會是如此。而這些關鍵人物，卻都是他們口裡所稱的百朗，那些婚入部落的漢人，而陳安生、張新才都是這樣的人物。達達的感慨，倒有遇對了人的意外喜悅與形勢比人強的無奈，以及她對拉赫拉氏族往後命運的無力感與無言吶喊。

「這應該又是一次的機會了吧，拉赫拉氏族！」達達吐掉口中的檳榔，向東望去，越過台東平原直抵太平洋海面，輕聲的說。

第十章 雷公火之役

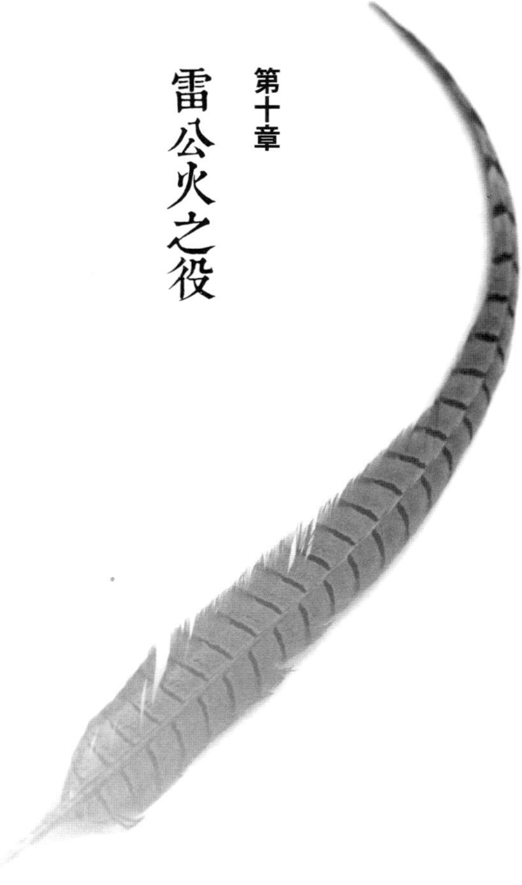

張新才與鄭成貴兩個台東平原最重要的漢人通事，入恆春求見相良長綱，提醒清軍糧餉斷絕已久，且目前已經集結完成縱谷地區的平埔諸社，已經數度遭劫苦不堪言，醞釀武裝抵抗，再不處理恐怕台東平原也將陷入戰亂。日本官員過去一再招順時的保證，恐怕也將失信於民，日後收服將花更多的氣力。張新才的說明，讓相良長綱陷入更大的痛苦，一方面無法獲得上級的立即支援，二方面又得擔心招順了幾個月的心血會形成失信，而引發各庄社與清軍殘兵結合，後續得花更多的氣力。

但張新才的說明沒有得到立即的回應，當然也沒有改變卑南覓現在的情勢。四月上旬由花蓮南下的約一千多名土匪，已經盤據「璞石閣」[1]附近，發起了幾回攻擊，雙方互有傷亡，縱谷的形式更加的風聲鶴唳，更大的衝突一觸即發。劉德杓受到鼓舞，逐漸收納由西部翻越中央山脈而來投靠的敗兵，並與北方南下的土匪取得連線，盤據縱谷地區。連日來已經將縱谷地區庄落搜刮殆盡，並且四處散播謠言，稱台北、台南已由外國洋人所占領調停，日軍所掌握的只剩恆春，要求各庄落番社放棄與日本的結盟想像，繼續與清兵維持關係，借糧借餉。除此之外，劉德杓更是在五月三日親自率領五十人攜帶槍械準備到寶桑街借討糧食，結果被馬蘭社設伏擊殺，只有劉德杓一個人逃脫。

劉德杓被伏擊落荒而逃的消息只延續十幾天振奮人心，因爲劉德杓取得了盤據中央山脈東麓的兩個布農族部落支援後，又在五月十六日在親自前往卑南覓，傳令要各社不論民番均得繳糧，不從者將血洗庄落，因而人心惶惶不可終日。

因應劉德杓的威脅，五月十八日彪馬社巴拉冠建築物外頭，此時聚集了一些人。其中包括了大巴六九社、阿里擺社、檳榔樹格社、彪馬社的領導人與各自的重要隨從，彪馬社各氏族的長老群，以及達達也都到場。大家等待葛拉勞開場發言，大家抽菸嚼檳榔，彼此交談寒暄。

達達安靜的抽著菸，看著陸續進入的人落座與交談，巡了一環之後，她刻意把眼神高度保持在目視對象的頸子以下，甚至半瞇著眼迴避與人四目相交，耳朵卻張大著不想放過任何交談訊息。關於這一個招集會議，她覺得沒有必要卻也不反對，畢竟北方來的威脅已經存在，身爲這個區域最大的部落，彪馬社的確應該提醒眾社這個危機，或者提出一個相互合作支援的方式，避免萬一劉德杓的清兵忽然轉向番社，也好作一個因應。她心理的不積極，是因爲葛拉勞事前並未與她商量，而且此刻，張新才正陪著來自恆春出張所的中村雄助，在寶桑街招集居民闢謠。昨夜與張新才見過中村雄助，大致了解一些日軍的動態，但日軍能不能即時投入台東則還不確定。葛拉勞的這個會議，似乎也不可能眞正獲得具體的行動方案，只能說是作爲一個領導人的事前喊話吧。但如果要撇開日軍的因素，獨自解決，那麼這個會議就有它的意義，葛拉勞的意圖究竟是什麼？這也是達達不積極卻又感興趣的事。

1 今之玉里。

「這個劉德杓，到底是個什麼妖魔啊，先前我們還擔心那個胡傳，沒想到胡傳待了兩年就走，其他大官也都跑了，就剩下這個，怎麼打不死啊？逃了又來？手段殘忍又這麼囂張，完全不把我們放在眼裡。」一個老者自顧自的說話，他的話引起其他老者注意，鄰座幾個都朝他望來。

「每個團體都有這樣的人，等上位者不在了，就會賣力表現想取代位子。要不是因為敵對關係，我其實還眞要稱讚這樣一個人，為了一群人生存，一直要拚到最後，這才像個戰士啊！」一個老者不自覺點點頭說。

「畢竟是朝廷的武將，一輩子靠這個吃飯，他應該有一些我們想不透的想法。」

「這些武將或者兵勇跟我們部落的萬沙浪不一樣嗎？」

「應該不一樣吧，你看他們住在營頭，不是住家裡，好像要上課，要操練，不種田不打獵，不砍柴只放槍，跟番社的萬沙浪不一樣的。」

「唉唷，看你說的，把他們說得那麼厲害，我就不相信他們的兵勇比萬沙浪厲害，以前他們和呂家望打的時候，他們靠人多，靠吸鴉片，靠那些鐵船、大砲和新奇的連發槍。現在這些沒了，還能跟我們打嗎？如果眞像你們說的那樣，那個劉德杓厲害，他的三百個人厲害，連發槍厲害，他們來了，我們要不要打啊？」

「呵呵……不打，我們拿什麼給人家啊？大家努力耕作儲糧，也不見得可以讓整個家人不工作吃一年，他們幾百上千的，吃個幾餐就沒了，日後要我們當奴隸幫他們找東西吃啊？」另一個說。

「那，打了，他成百上千的，我們打得過啊？我們幾個番社有足夠的人去死啊？」另一個說。

幾個人，三兩句談話卻似乎立刻形成對立，聽在達達耳裡也覺得有趣。但對話忽然停了下來，連隔幾個位子的交談聲也都安靜了，大家各自安靜吸菸與嚼檳榔。原來是彪馬社的年輕阿雅萬葛拉勞站了起來。

「我們兄弟番社的阿雅萬以及長老們，謝謝大家來到這裡一起商議我們面臨的大事。也希望大家能提供意見。」葛拉勞開了場，環視了眾人繼續說：「我們目前從北方來的消息，知道那些清兵就在新開園以北的地方，劉德杓大概可以動用三百多個人往南部來。」

「三百多個人，可能找我們的麻煩嗎？我們不是那些平埔社，只會養牛種田，太不把我們放在眼裡了吧。」

「是這樣的……」葛拉勞陸續又分析了局勢以及各部落的狀態。

眾人時而低喃，時而議論下，葛拉勞的聲音聽在達達耳裡時遠時近，她又填了一鍋菸，瞇著眼吸了起來，她隱約感覺一道眼神瞄向她，她意識到那是退位的領導人林貴望向她。她心裡一怔，不著痕跡的配合著葛拉勞的發言適時微笑點頭，心裡更是疑惑。疑惑這一場會議是林貴要葛拉勞發起的，目的可能是要藉這個機會拉抬聲勢或確立葛拉勞的領導位階。想到此，達達心裡直笑，不自覺提高了專注，仔細聽著葛拉勞的發言。又忽然覺得，葛拉勞已經是不折不扣的部落阿雅萬，一個官府眼裡具有「土目」身分的土官，這樣的刻意，顯得也太缺乏自信與優柔。達達忍不住，刻意地配合著葛拉勞已經進行十幾分鐘的發言直點頭。

「萬一，清兵眞的沿著縱谷進入初鹿通谷，一路向南經過斑鳩，出現在阿里擺、檳榔樹格，我們怎麼辦？」一個漢子忽然發言打斷葛拉勞的演說。

「應該不會從那條路進來，如果眞的進來，各社盡早通報，我們隨後會來支援。」葛拉勞說完，底下忽然爆出了低沉聲浪，嗡嗡的交談聲整個蔓延。

達達又塡了一鍋菸，瞇著眼掃過葛拉勞那瘦削的身形，以及單眼皮始終帶有笑意的小臉，忽然又覺得不忍，林貴硬是把他推上阿雅萬的位置，顯然還需要更多的磨練。

「姊姊，妳說幾句吧！」葛拉勞忽然轉過頭請達達發言，打斷了達達飄遠了的思緒。

「這個……」

「各位，大家靜一靜，我說的也夠多了，我們請女王達達說些意見吧。」葛拉勞不等達達猶豫，站了起來說。

「各位長輩，各位巴拉冠的領導人。」達達慢慢站起來，握著菸斗說：「剛剛我們彪馬社的阿雅萬葛拉勞已經把當前的局勢都說了，我也就不再多重複說了。我聽了大家的發言，我綜合的說明一下。」達達吸了口菸，坐了下來繼續說：

「清軍缺的是糧食和錢，他們爲什麼一直攻打平埔番社？那是因爲平埔番社跟百朗一樣，他們種稻吃米，會做買賣有錢。但是我們八社番的番社就不一樣了，我們除了打獵、種小米，沒有稻米和錢幣，他們不會花心思浪費彈藥跟我們打仗，況且他們也討不到便宜。所以各社都不要太擔心，這個時間正常的把小米田照顧好，現在劉德杓的目標是寶桑街那些有錢又有糧食的百朗，逼得他們現在已經躲的躲，藏的藏，就怕清兵襲擊。」

「女王的意思是，我們不需要戒備？」一個漢子說。

「不，劉德杓知道彪馬社跟馬蘭社有種稻米，存糧也很多，他們曾經跟我們借過，我們拒絕，所以必然懷恨在心。如果有一天，他們眞的進了卑南覓，洗劫了寶桑街，有了錢也吃飽了，他們也許會回過頭來報復燒村殺人，也會把現在已經跟日本人互通訊息的每一個部落當成目標發洩。」達達敲了敲吸完的菸斗，繼續說：

「但是，我們不是清兵，我們不是劉德杓，他要幹什麼我不知道，所以……各位聽著，大家回去以後，暫時別單獨活動或上山打獵，各個巴拉冠的男人沒事就集中應變，隨時派出巡邏，小米水稻還沒收完的繼續收完，趁著還沒打起仗來曬了好收藏。提醒大家，記得這些工作進行時，同時也要有巡邏組保護。另外，大巴六九、阿里擺、檳榔樹格，你們編成一個戰鬥群，隨時保持聯絡，一有狀況，即刻把萬沙浪集中到阿里擺那個營頭附近，一定不讓清兵從那個地方進入平原。」

眾人聚精會神的聽達達說話，一旁的林貴表情顯得複雜，達達繼續說：

「彪馬社從現在起，各氏族的巴拉冠就按照幾年前呂家望跟清兵作戰時，守住我們各自的位置，隨時聽招呼調度。北邊的巴沙拉特氏族，沿卑南溪南岸派出監視哨，負責其他方向的氏族向鄰近的番社派出聯絡哨。記得，大家要耐著性子，也不過就這幾天了。日本憲兵隊已經出發前來，據說後面將近一千多名的日本軍隊也會來，到時候就交給他們來處理這些清兵吧。還有其他問題嗎？」

達達說完底下一片安靜，久久之後，一個人的問話：

「清兵有連發槍有砲，日本人打得過嗎？」

「日本人在山的西部已經從北部一路打到南部了，那麼多的百朗庄頭和軍隊就只剩下這裡還有兵勇，打得過打不過你自己判斷吧。我們管他們打得過打不過，在這個之前，我們得想辦法保護自己的族人比較重要。」說起清兵與日本交戰，達達忽然又有被邊緣化的感覺，心頭一陣悶，她看了葛拉勞一眼，又環視眾人，繼續說：「我們族小勢力弱，看看人家動不動就是派個幾千又上萬的到我們這裡打仗，不管願不願意，我們勢必得忍氣吞聲選邊站，老實說，我心裡一點也不高興，但又必須面對現實。我要問大家，一旦要我們調度戰士參戰保護各個番社，我希望大家都能夠盡快的編組配合，這樣行嗎？」達達的聲調明顯的壓抑著憤恨，卻挑動眾人的情緒。

「一定支持！」

「完全配合！」

「請放心調度！」

幾個長老搶著表達決心，壯年漢子也不願落後，支持聲此起彼落。

會議很快的在達達結論式的發言結束。當晚劉德杓派人送信到達達家向張新才徵糧，遭張新才當場拒絕，來人惱羞成怒拔了短刀欲撲向張新才，卻見達達舉著一把前些時候張新才送她的溫徹斯特連發步槍對著送信者。達達似乎有意傳達決裂的訊息，槍始終沒放下，逼得送信者悻悻然退出張宅。達達跟著走出院子外忽然對空鳴槍，嚇得送信者拔腿逃離。一群彪馬社的萬沙浪聞槍聲迅速前來查看究竟，達達交代那些萬沙浪假意追逐送信者直到他離開部落地界。

劉德杓近乎狂妄目中無人的送信討糧，以及張新才的斷然拒絕，讓局勢瞬間升高到了隨時爆發衝突的可能。代表恆春出張所相良長綱先遣而來的中村雄助，才來兩天密集走訪街庄闢謠，也感覺到一股狂烈的風暴正達到最後的臨界。十九日中村雄助由張新才、鄭成貴、王福等漢人通事繼續闢謠遊說各社，前往馬蘭社途中，聽說劉德杓已經在兩三天前開始作戰鬥準備，預備帶領著三百名兵勇，由「新開園」出發南下，沿途洗劫民番諸社，直指寶桑街。中村雄助當機立斷，急急進入馬蘭社勸曉馬漢罕出兵阻止劉德杓南進保護各社，馬漢罕以三十二社阿美族總頭目身分，立即答應出兵。中村雄助旋即又到彪馬社遊說眾領導人出兵阻止，隨即也獲得同意。

二十日馬漢罕帶著隨從在彪馬社巴拉冠，與彪馬社幾個領導人、中村雄助等祕密協商相關的戰鬥部署。協商的結果初步決定在「新開園」南方約六十里遠的雷公火社以及卑南大溪對岸的「大埔庄」作爲駐紮點，防止劉德杓的清兵南下。

彪馬社與馬蘭社聯軍兵力的編組，分成三個梯隊：前鋒隊由葛拉勞率領兩個社各派五十名戰士所組成，先遣前往大埔庄與雷公火社警戒與構築工事。主力梯隊之一的彪馬社由達達爭取率領，潘文杰擔任顧問從旁協助，共一百二十四人參戰，其中包括由大巴六九部落青年首領金機山所率領的二十一名戰士。另一個主力梯隊則由馬蘭社馬漢罕率領，鄭成貴當顧問，共一百四十七人參戰。張新才則編組必要的人清理卑南覓所有清軍遺留的營哨，以便日軍登陸以後住宿。

二十一日清晨，前鋒隊出發，由女巫群執行名爲「布魯恩」的征前增加力量與勇氣的巫術儀式之後，彪馬社所有長老以及執行儀式的三十幾名巫師列隊歡送。達達也斟了兩杯清澈如水的米酒，向葛拉勞敬酒：

「我的弟弟啊，請容許我這樣稱呼你，經過上一次風光的巡視，這一回我們終於要正式出征了。爲著彪馬社的榮光戰鬥，爲著卑南覓眾番社的安寧、安全，我們姊弟倆可要好好奮力一戰，把那些叫我們薙髮磕頭還要跪行的百朗軍隊打散，把那些劫掠地方燒殺庄社的土匪消滅掉。這一路，我們靠你打前鋒了，先到大埔打理，我們隨後就到。來，我們喝一杯。」

「哈哈，姊姊，是時候了，土目葛拉勞我，帶兵打仗是應該的，姊姊是女王更應該率領主力隊。等這仗打完了，應該沒有人會懷疑我是彪馬社阿雅萬的資格了。來，我們一起敬告祖先、土地，以及所有神靈。」

「是的，沒有人會懷疑你的，弟弟，來，我們敬祖先！」

姊弟倆慎重的交談著，以不同平時的腔調，敬著酒相互勉勵，周邊也響起了聲聲祝福。先鋒隊啓程了，以三元編組十人爲尖兵警戒，安靜的向北出發了。接著葛拉勞的四十人本隊也出發，預計在卑南溪南岸與馬蘭社來的五十人會合後，向大埔、雷公火出發。

五月二十二日清晨，彪馬社的主力部隊在中村雄助以及退位領導人林貴協助清點人數與裝備之後，巫師執行「布魯恩」巫術儀式，敬倒水酒以後，達達跨上了白馬，社眾忍不住一陣歡呼，部落婦女更是感動的偷偷拭淚。一個雄渾高昂的女聲忽然響起來了：

「看啊！我們英武神勇的女王達達要出征了，她佩著長刀，頭纏著黑布，長槍插在馬腿上，腰桿挺直的坐在馬鞍，說有多俊美就有多俊美，連男子都要遜色三分。彪馬社的婦女就要學這樣的氣勢啊，未來我們也要佩著長刀，跟番社的男人一起保護家園，一起出征。還有你們這些出征的孩子們，記得你們是全卑南覓最神勇的萬沙浪，好好殺敵，好好保護女王不受一點傷損安全的回來，這才是你們將來最能誇耀的榮耀。」聲音是撒米央發出的，她噙著淚水望著白馬上英姿煥發的達達大聲的說著，那激昂，感染了每個人。

「謝謝你們，我們出征了，在家的你們，好好聽林貴長老的指揮，把家裡照顧好。我們殺氣騰騰的出征，也將一個不缺的昂揚而回，這是彪馬社的榮耀之戰，也是重新定位我們彪馬社在這個平原位置的戰鬥，這一仗，我們等得太久了！出發！」達達說著，拔起了長槍朝空一舉，所有戰士也跟著朝空舉槍，大聲「呼」的低吼著。

部落女巫各執起了一顆陶珠，貼上嘴唇哈了氣，朝部隊前行的道路前方拋去，象徵部隊前方將由神靈開路。金粟率領的二十人前哨警戒先行出發，達達及佩了刀揹著背袋的四名女侍也接著出發，主力部隊便開始移動，朝彪馬社北方卑南大溪南岸出發。

彪馬戰士扛著槍、佩著刀以及必要的個人生活用品，一路無語跨大步的急行在卑南大溪左岸溪床，只掀起一點沙塵。而右岸也快步行走著馬蘭大社的戰士們，偶爾低聲傳來規律的低沉喝吼聲，兩個隊伍近乎平行的越走越快，誰也不讓誰越過彼此的視角平行線，讓跟著行走的潘文杰大感吃不消。他看看馬背上的達達嚼著檳榔的背影，時而右望時而前後瞻望部隊的。他意識到這兩隊人馬在暗中較勁，而稍感到震驚，他想到中村雄助在出發前，再三提醒兩個社的戰士必須聽從號令，盡可能的在自己的責任區內執行任務，也提醒兩社的領導人切莫爭功而影響協同作戰。顯然中村雄助有過這類的經驗，或者他洞悉兩個社的戰士彼此間私底下的爭強鬥狠。潘文杰心思想著這些事，企圖分散因爲疾走所產生的疲累與壓力。才抬頭，卻看見馬背上的達達，正回過頭看著他。

「吃顆檳榔吧，文杰兄長。」

「喔，我有。謝謝。」

「他們……個頭都很高，但是我們更頑強。」達達把檳榔丟進嘴裡，伸手指了馬蘭社的隊伍，邊說邊把頭擺正向前。

達達開玩笑似的口氣，聽在潘文杰耳裡，卻有幾分震驚。一來以爲達達洞悉他想什麼，二來，這兩個並肩作戰的部落的確存在某種競爭或者爭雄之意。

呵呵……這情形到哪裡都存在啊。潘文杰心裡想著。卻又聽見達達的聲音，平和得像是被風推送著往後傳：「腿短的，可要賣力往前跨，別輸給那些在山上會被草藤絆倒的長腿人啊！」

潘文杰心頭一驚，徒生幾分怒氣。想想自己身材確實不高，腿短招風耳的，但好歹也是恆春下十八番社的大土官總頭目，什麼西洋人日本人清國人的官員沒見過？什麼威風八面的番社領導人沒見過？就算不提這個，台東到恆春之間，來來回回幾重山路不知走了幾回，這等腿力要妳一個騎馬的女流之輩囉嗦？正待發作，卻隱約聽見後頭腳步聲稍稍凌亂與重力，回頭一看，又一驚。只見剛才出發前被介紹的大巴六九社的金機山，正率先走在新形成的一條縱隊，往前賣力的走著，後頭跟著的是身材未必見得矮小，卻更黝黑精壯結實的一群漢子。沒多久，行進隊伍漸漸走出兩個縱隊，而整體移動速度越見加快，連跟在馬匹後方四個女侍的步行速度也不見一絲緩慢的跡象。

潘文杰暗暗叫苦，望著達達矮小卻粗壯結實的身形，黑衣花裙黑包頭的穩穩坐在近乎白色的馬背上，也忽然羨慕起來。想想恆春地區那早已名存實不存的下十八番社聯盟，想想當年祖先由卡地步舊社「卡日卡蘭」移居恆春而形成所謂「斯卡羅族」的榮耀，以及牡丹社事件時所建立起來的聲譽，自己又不勝唏噓，這一回日本人終於又來了，重振家族聲威的希望又再度燃起。潘文杰想著，心情卻更複雜了。

她應該也是這樣吧？潘文杰心裡嘀咕著，卻忽然覺得達達出發前激勵為部落奮戰的話語，此刻正激烈的衝擊著自己。

「能有匹馬多好啊！」潘文杰低聲喃喃自語。

部隊中途只休息了一次，約在下午三點，便抵達大埔庄，而由馬漢罕率領的馬蘭社戰士也進入了以阿美族為主要居民的雷公火社。

部隊抵達大埔庄後，達達只休息了一會兒，抽了一管菸與葛拉勞打過招呼後，由葛拉勞接手安排其他戰士的勤務，自己則騎上了馬，在庄內巡巡看看。大埔庄是張新才投資招墾所形成的客家庄落，說庄落也不過是十一戶開墾戶，因應這一回劉德杓徵糧揚言襲擊各庄社，除了留下幾個壯丁協助彪馬社，其餘已經向南撤走躲藏。達達巡過一回，看見收割過的稻梗整齊又生猛的突出稻田上，忽然感慨人與天爭、人與人爭的殘酷現實。

大埔庄是張新才的財產之一，而雷公火社也是馬蘭社的盟友，兩個庄社都以水稻為主要農作，這兩處必然成為劉德杓的洗劫目標之外，由南向北而來，距離剛好可以留有一兩天的時間經營戰場，防禦清軍三百人攻擊單一的庄落；而由新開園南下的兩條路，以此處相隔較近，大埔庄與雷公火社可以形成一個「犄角」的防禦態勢。當攻擊大埔庄的時候，馬蘭戰士可由雷公火出擊，打擊清軍左側後背；當劉德杓攻擊雷公火時，達達的彪馬戰士可由右側後攻擊清軍。這是中村雄助的計畫，並協調兩個社執行。

大埔庄方面，葛拉勞先遣的五十人的防禦工事，大致已經完成，但達達希望再往前挖了兩道可以射擊的壕溝，並且加強偽裝以及陷阱障礙。於是，一個更寬更深的防禦工事逐漸形成，半圈環著大埔庄，緊箍南下北上的道路。大埔庄與雷公火社兩邊的工事不斷加強，而彼此往來，或往北蒐集情報的聯絡哨兵也絡繹不絕。

二十三日夜晚，戰士們保養過槍枝，用過餐，除了警戒，其餘都回到了分配的民宅休息，而達達招集著葛拉勞、潘文杰、金機山、三元、金粟等人，簡單的提醒各自的任務與位置後便進屋休息。因為預期戰鬥在即，其餘人也爭取時間休息，沒多閒聊。

戰場是這樣子的啊？達達不知躺了多久，身體疲倦卻絲毫沒有睡意，心裡嘀咕著。下弦月朦暈在幾道雲層裡，四周沒燈沒火，遠遠的傳來卑南大溪的潺潺水聲。達達想起薙髮事件時，她去了呂家望，看過那些的壕溝以及清兵的兵器，想著真要打起來，那些清兵的槍枝，究竟比自己番社所使用的火繩槍好上多少？呂家望事件時，那些他們使用的大砲、連發槍形成的畫面又是怎樣，那些呂家望的人又是怎樣回擊？她下意識的伸過手，摸了摸床邊的步槍，沒來由想起布昂，那個很愛開玩笑，自己痴心想嫁的呂家望男子，覺得唐突好笑心裡輕聲咒罵了自己。

她坐了起來，點起了一個菸斗，又拿起張新才爲她買的那把五連發溫徹斯特步槍把玩。就菸斗微弱的燈火亮光，她拉開槍機看了看槍膛，又檢查了彈藥包的槍彈。今天下午，一個女侍爲她清理保養過了，看起來一切都正常。

「姊姊，睡不著啊？」隔著一道薄牆，葛拉勞問著。

「嗯，身體累躺著休息，卻睡不著。」達達說著，同時放回了槍枝，走了出來，往院子走去。

「我也睡不著，不過躺著，疲勞倒是退去了不少。」葛拉勞也走出房間出門到院子去。

「都聽人說戰場是怎麼回事，我們也在幾個戰場邊來回，這一下，我們自己要面對了，卻不知道究竟是怎麼回事了。」

「姊姊啊，我認眞的思考過這事。我知道我的個性沒有那麼豪放果斷，可是我是眞正認眞的看待我是彪馬社阿雅萬的這個身分。我很高興能親自參與這場戰事，帶著我們的萬沙浪，眞正的參與槍砲交織的現場，這讓我感到驕傲與興奮。」

「你可別想太多啊，巫師作過法，祖靈一定讓我們打勝仗全身而退的。」

「那是絕對的。不知道妳相不相信，現在我一點也不怕，就只是一股興奮不平的力氣在翻騰，我想那應該是巫師的巫力吧。讓我恨不得現在就面對劉德杓的清兵，然後大打一仗。」葛拉勞的聲音透發著興奮。

「呵呵……我的弟弟，不，彪馬社的阿雅萬葛拉勞啊，打完這一仗，你將變成真正的男人了，我也可以放心由你帶領彪馬社了。」達達說著，又多吸了兩口菸，而其他人陸續回到院子。

「哈哈哈，看來你們也睡不著，抽個菸坐著休息吧，各位！」葛拉勞見到潘文杰、三元、金粟、金機山，開心的嚷了起來。

抽著菸，潘文杰耐不住安靜，開口說了恆春當年牡丹社事件時，日軍如何穿山越嶺到各個部落征討，逼得所有部落都歸順的情形，甚至當時的日軍的總督西鄉從道，還親自帶人到他住家一起飲酒唱歌。

潘文杰的話引得大家都好奇，又繼續發問延伸其他話題，一直聊得很晚幾乎過了午夜，絲毫沒有睡意。

「所以，上一回去巴塱尉的經驗，還有胡傳的態度，我覺得日本是比清國的官員好。」三元說。

「別想得太美好啊，未來怎樣還不知道呢，但是這幾天不解決眼前的劉德杓，對我們來說就會很麻煩了。不過，誰要問我誰比較好，我要說目前清兵比較壞。」很少說話的金粟忽然回答了，他的話卻引起大家大笑。

「你覺得呢？對了，你叫金機山是吧？一直沒聽你說過什麼，你覺得呢？日本國跟清國哪個好。」潘文杰撇過頭問。

「是的，我是大巴六九的金機山。你們說的清國日本國，我是不了解。我們跟清國打過仗，知道他們的武器可怕，軍隊卻不怎麼樣。至於日本，我們都沒見過，如果眞如宣傳的那樣，打敗清國又完全把西部占領，我想日本國應該比較強。可是……」金機山停了好一會兒。

「嗯？可是什麼？」潘文杰追問。

「如果你說的，當年日軍三千多個人，分成幾路穿山越嶺到各個部落征討是眞的，那麼，我們番人，我們所有的番社，包括平原的我們，還有那些在深山的，連我們都不曾親自前往過的番社，未來恐怕要天翻地覆的改變，連根都要拔起了。」

「啊！」分不清誰驚呼了一聲，而所有人瞬間都陷入沉思。

一個比大清朝廷更強大的集團勢力出現，未來那將會是怎樣的情況？金機山的疑惑若成眞，所有部落之間又將會形成怎樣的局面？達達忍不住多看了金機山一眼。而遠處一陣狗吠叫聲忽然響起，院子外圍兩個擔任警戒的漢子，提了槍向前走去。

「好了，先別管將來了，眼前的劉德杓不解決，說不定我們連日本軍隊長的什麼樣子都沒機會見到了。來人應該是聯絡哨來了，我們也該準備準備吧！」達達說。
警戒哨帶來了一個阿美族戰士，他是雷公火的聯絡兵，前來通知「新開園」的劉德杓已經開拔南下了，目標是雷公火社，馬蘭社的馬漢罕希望彪馬社及早準備隨時支援。
「把所有人都叫醒吧！著了裝，立刻到這裡集合。」葛拉勞交代三元。
「我們要立即出發嗎？清兵會不會中途改變？」潘文杰說。
「我們立刻出發，如果中途他們改變目標，我們派去溪埔的哨兵會回來通知，我們再緊急回頭還來得及。大家確定人員裝備都完整了就出發。文杰兄長，你與葛拉勞帶著主力隊在前，放開速度盡快進入雷公火前方卑南大溪南岸的溪床，先找個容易涉水的地點埋伏起來，特別注意人員的隱密。金粟，麻煩你帶個十個人跟著我走。抱歉了各位，我人矮腿短又沒你們男人行，我走得慢，但我一定盡力趕上。」達達說完，進屋子著裝，並交代兩個侍女留下來看顧馬匹。
達達的明確交代任務，著實令潘文杰不免心生窩囊，但又覺得這個分派合情合理，心中又不自覺升起佩服之意。
本隊由三元帶著二十人擔任尖兵前哨，主力隨葛拉勞、潘文杰盡速的抵達雷公火對面的卑南大溪南岸，一處容易涉水的長條形低窪溪床埋伏。葛拉勞大致清點完人員，並分配完隊伍展開後的左右攻擊隊形，達達便已經到達，令潘文杰感到訝異其步行速度之快。

等了有一會兒，溪床是已經有些光影，東邊海岸山脈上緣也有一些華白，且逐漸擴大展延。朦朧視野中，達達注意到卑南溪北岸的砂礫灘上，清兵已經陸續抵達聚集，幾門山砲開始架設，距離雷公火壕溝只有一百零九公尺。隨著天光越來越明，可以清楚看到清兵聚集的人數越來越多，且分成三個攻擊正面蹲坐著等待。劉德杓大致就位在中央的正面，盯著雷公火，還不時左右交代說話著。彪馬社的一百二十名戰士，正好埋伏在正面後方溪水的對岸。

二十四日，時間約在六點左右，天光已經大亮，清兵的山砲開始向雷公火射擊，當第三發響起時，達達傳令下去，要所有人噤聲涉溪，隱匿進入對岸溪床低窪處，聽到她的槍聲號開始攻擊。清軍第十發山砲射擊時，彪馬社已經全部越過溪，裝了彈塡了火藥，等候命令點著火繩。

清兵的山砲持續攻擊，但雷公火一片寂然沒有反應，遠遠的只看見阿美族的戰士，利用砲火的間隙修補圍牆壕溝。直到發射十三發之後，清兵開始展開，分成左中右三面接近準備圍攻雷公火。雷公火社方面則按兵不動，直到清兵接近時忽然開槍射擊，清兵也同時開槍還擊，整個地區頓時槍聲大作。

達達利用這個機會，瞄準射擊又立刻拉槍機射擊，擊倒了兩個清兵。其他人接獲進攻訊號立刻點著火繩，爬出溪床低凹處，向清兵接近並射擊。清兵發現腹背受敵時，已經有十幾名受傷倒地。

劉德杓見狀大吃一驚立刻調整部署，要左翼正面就地找掩蔽，掩護山砲以及指揮部所在的中間正面先撤離。雷公火內的馬蘭社也立刻跟著調整，集中火力配合彪馬社右翼的接近，一起對付清兵右翼。迫使清兵不得已放棄攻寨，在左翼軍的掩護下且戰且走，退出雷公火向北撤離。馬蘭社阿美戰士士氣大振，紛紛躍出壕溝，與彪馬社形成左右夾擊清兵左翼軍。在頑強的抵抗下，一直到中午時間，才完全擊退清兵。

劉德杓反應快速又判斷正確，選擇撤離，最後僅造成清兵死亡八名，負傷二十餘名。雷公火方面受山砲攻擊，一死一傷，房舍倉庫幾座毀損，壕溝木柵也被轟出幾個缺口，彪馬社部分則無傷亡。

擊退清兵後，彪馬、馬蘭聯軍並未繼續追擊。擔心清軍回馬槍，除了派出監視哨，兩社人馬均退回駐守地加強工事，並派出聯絡希望能獲得三門砲的支援。傍晚中村雄助前來檢視戰果時，果然帶來三門砲，同時要求彪馬、馬蘭兩社，就地駐紮防止劉德杓突然發兵南進，並等候日軍登陸後接管後續的戰事。

達達親征的第一場仗獲得了勝利，令彪馬社欣喜若狂，消息傳到彪馬社，部落婦女喜極而泣，而留守巴拉冠的各氏族人員，更紛紛要求希望即刻上戰場追隨達達作戰。留駐在大埔庄的戰士更是難以壓抑那份狂喜，每個人敘說著自己當時如何進出接近清兵的情形，話題一轉又轉到達達那一支步槍如何的神奇。

達達卻一路無語，回到大埔，交代葛拉勞以及幾個幹部注意戰士的情緒以及繼續備戰，接著抽起長槍，卸下彈藥後，把槍交給金粟讓所有戰士碰觸與研究。囑咐女侍不准打擾她，然後進了房，關門。

坐上了床面，達達不自覺的顫抖癱軟，一片片、一段段細碎的戰鬥記憶，逐漸占滿心思，而一股深層的恐懼不知從何處升起，逐漸蔓延、侵蝕。她止不住身體的寒透與顫抖，忍不住哭了，她試圖壓抑著哭聲，以至於形成嗚咽與啜泣，令她頭疼與氣悶。她屈起了腿，身子逐漸退到牆角，最後索性抱著腿將頭埋進膝蓋間，持續哭泣著。而槍砲聲、殺伐聲、慘叫聲、喝斥聲在遠處傳來的隱隱抑抑的溪流聲中，交織著、迴盪在腦海裡，時遠，時近。

第十一章

最後的女王

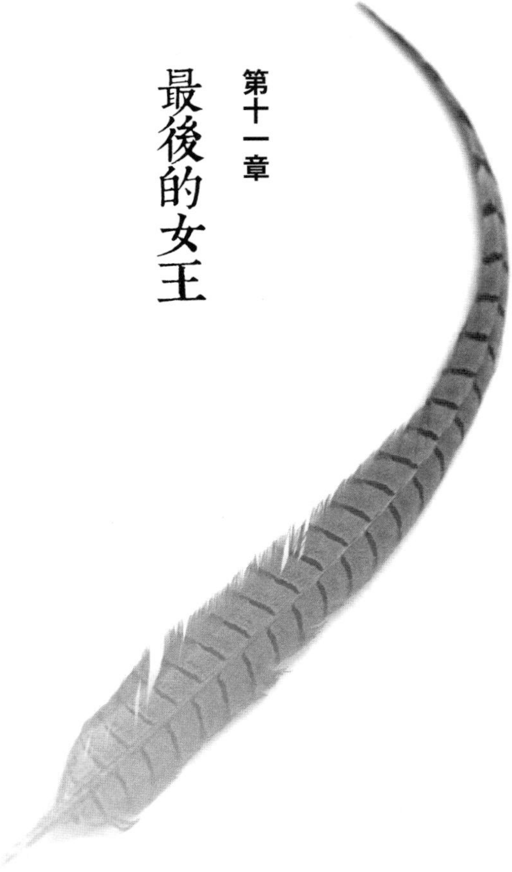

「也該回家了吧！」達達勒了韁停了下來，喃喃的說。

閒散了幾天後，她已經換上洗滌過的衣裳，她箍起了頭髮纏上黑布，佩著刀，將長槍插在馬腿側邊的槍袋，就像幾天前由彪馬社出發的裝扮，只不過這一回，她胸前多了張新才前天派人送來的一條垂長粗亮的銀質項鍊，而經常斜揹在身上的雜物袋，也由一個手藝好的女侍繡上了飾紋。

她停止佇立的位置是在大埔庄北面外圍陣地前方約二百公尺的位置，由此向東北方眺望，可看見卑南大溪溪面，由北向南流，而後沿海岸山脈山勢折向東，經雷公火社南邊往東南方流去。溪床上溢流亂竄形成的支流，堆積出了幾個固定的沙洲，被開墾成了水稻田，與附近的稻田連成一片，煞是壯觀。稻田上收割過的稻梗以及焚燒稻稈的灰燼堆清晰可見，其間一群群麻雀飛起又落地找尋收割掉落的稻穀，平添不少生機與田園風情。視線再往前延伸到對岸的雷公火社，以及背後陡起的海岸山脈南北縱走的山峰。卑南大溪沿著山邊切割著、推擠著往南流瀉，那便是他們幾天前殺機騰騰而來的方向，故鄉彪馬社就在南邊，那是卑南覓平原北面的起始點。

達達在這幾天等待的時間，總要騎著馬往這附近走走看看，然後感慨要是彪馬社周邊也都是良田，也許人口會一下子增加許多，部落將更強大。她取了顆檳榔，抹了石灰，夾了荖藤片送進嘴裡。回頭往大埔庄的方向望去，發覺所有的戰士已經都站列到庄口的道路。她轉頭望向雷公火社前方溪床，那個清軍設置砲陣地的砂礫灘上，馬蘭社的戰士也正在集結。

「不知道日本人的軍隊是長得什麼樣啊？」達達吸了口氣，輕聲的自言自語。

幾天前的二十四日，打完仗，彪馬社與大巴六九社的戰士便退回大埔庄加強防禦。潘文杰、葛拉勞、馬漢罕也隨著中村雄助回到彪馬社，準備在二十五日迎接一千多名的日軍登陸台東海岸，並擇時晉見恆春出張所所長相良長綱。這段時間彪馬社與馬蘭社的戰士繼續駐紮，大埔庄的軍隊八十名由達達負責；大埔庄前方的「里弄」小庄，擔任前哨警戒的四十名由金粟負責指揮；雷公火社方面的二百五十名則由通事鄭成貴管制，繼續防範清兵。達達讓兩名女侍也跟著先行回去。

昨天上午傳來的指示，相良長綱將隨著日軍的先鋒隊前來視察，要列隊歡迎。昨夜已經在「擺仔擺」[1]宿營，今日（五月三十日）上午五點出發，正在前來的路上。所以，達達囑咐三元整理部隊，自己想著心事，向北溜馬。

「一千多人的日本軍隊究竟會是什麼樣呢？」達達吐掉口中的檳榔渣，輕聲的說，掉過頭往大埔庄方向回走。

「日軍的先頭部隊已經出現了。」三元不等達達下馬，指著南邊報告。

「嗯，照他們意思，刀槍都朝下了吧？」達達看了看隨口問。

1 今之鹿野東南方阿美族部落。

仰頭一看右側執旗的戰士，舉著一支旗竿，上頭垂掛著白布中央染著鮮紅的日本國旗，達達忽然愣住了，隨即露出了笑容。

她想起當年初潮來，她驚慌又忍不住的在第二天告訴了母親，西露姑不知從哪兒找來一塊疊層的白色布塊，要達達墊著，然後用另一條長布纏著腰身與襠部。她記得後來清理時，那白色布片扭曲與沾血的狀態，就像現在無風時垂掛的日本國旗。

呸啦！這個時候做這種聯想啊？我在幹什麼啊？達達忽然笑著在心裡咒罵自己，隨即調整視線遠遠的看著日軍行軍而來。

南邊約三百五十名的日軍行軍隊形，在接近大埔庄時，隊形做了改變，由原來兩列縱隊，改成四路的分列隊形，幾個官員騎著馬在前，遠遠的壓了過來。

達達感到一股沉重的壓迫感。她深吸了口氣，注意到，日軍相同一式的軍帽軍服腰帶與軍靴，肩扛著散發沉凝金屬色的步槍，步伐整齊的走來，像水流一樣密實又波浪，她看得出神，感到開心，正想鼓掌叫好，卻被眼前熟悉的影子所吸引。

「咦？新才？嗯？中村大人？」達達楞住了。

日軍在彪馬社隊伍左前方停了下來，現在達達面前正站著一個陌生的日本官員微笑的注視她。這個官員正是恆春出張所所長相良長綱，旁邊站的是日軍混成第三旅團步兵第六聯隊第一大隊的志波參謀；他後方站列著剛下馬的幾個軍人，則是前鋒隊的軍官相良大尉等人；中村雄助以及張新才、潘文杰、葛拉勞、馬漢罕在稍稍後方一點。

中村雄助、潘文杰上前做了簡單介紹後，相良長綱說話了。不知道是翻譯的人太緊張，還是達達被眼前軍隊肅殺且壓迫的氛圍攪亂心思，她無法全部聽懂翻譯的話語，只能堆起笑臉望著相良長綱，偶爾點頭示意，眼神還不時趁隙偷看那些軍馬。最後她似乎聽出了：謝謝，可以回去了，此後由日軍負責。至於相良長綱以及那些軍官，望著彪馬社戰士的雄偉身軀，感受戰士所散發的那些樸質、剛強、頑猛的氣勢頻頻點頭讚嘆的畫面，完全被達達忽略，她只專注看著這些日本士兵。那些士兵近一半的人顯露著疲態又強自振作，一動也不動的挺直站立。

一俟官員上馬向前移動，她立刻跳上馬，靜止地坐在馬背上「校閱」日本兵。而她翻身上馬的動作稍稍驚嚇到眼前的日本兵，那些表情與不自覺的閃躲，令達達忽然感到鄙夷。她目視著軍隊水流般的成列通過，又目送日軍朝雷公火社方向走去。她注意到了那散射著紅色光芒的軍旗，在移動中垂盪著，讓她不自覺又聯想到母親給的白色布墊在量大時期，那些血液四下擴散橫流的遺漬。

呸！我怎麼了，又想到這個？是說，我一個女人應該統領一群裝備精良的軍人四處打仗的意思嗎？如果是這樣，我的彪馬社，什麼時候才可以壯大到可以隨時編成幾千人幾萬人的部隊啊？或者，要我認清，面對面相殺這種事，應該還是讓這些男人執行，而我，只要指導好，遠遠的看著就可以了？呸啦！我在想什麼？這個仗才打完就累得叫人直想回家，好好的享受一下跟著月亮來的女人味，我想什麼帶兵打仗的事啊？不過，關於想辦法提升我拉赫拉氏族的影響力，這一仗應該有一點意義了吧？

達達後來幾乎是呆坐在馬背上想著事。

「我們該走了嗎？」三元的問話，打斷了達達繼續胡思亂想。

「嗯，等金粟的人一收回來我們就出發，現在先回到大埔庄收拾東西。另外，你派個腳程快的回去通報，下午，太陽從山頂斜照的時間，我們會抵達番社，叫所有人都給我出來迎接。」達達說完，拔起槍套上的長槍，朝空一舉：「萬沙浪，我們回家吧！」

她的話激起戰士舉槍高聲發出「吼」的單音，那雄渾沉厚的聲浪炸開，令日軍都回頭瞻望，不知所以然。

達達決定巡著日軍來的方向回到彪馬社。那是一八九六年五月三十日約下午五點的時間，彪馬社戰士凱旋的隊伍走出花東縱谷，抵達阿里擺而後由西向東經檳榔樹格抵達彪馬社西側旱作田。即將埋入西邊山稜線的幾道陽光，穿過西邊的中央山脈山頂雲霧邊緣，斜照而來，將一百二十多名挺直著背，興奮著的漢子們的影子拉得老長。

達達注意到前方那棵已經綠葉滿樹冠的苦苓樹下，直挺挺的站著兩排青壯年的盛裝婦女，佩著刀，遠遠的，安靜的望著馬背上的達達。

「啊哈，是撒米央！」達達輕聲的說。

在接近約五十步時，達達舉了手，讓部隊停了下來整理裝備儀容，以便進部落時莊嚴好看些，她自己踱著馬前行在苦苓樹下停了下來。

「撒米央啊，我的伊娜，是妳來迎接我啊？」達達下了馬說。

「是啊，達達，我們卑南覓的女王啊！妳在馬背上的英姿，多讓人傾心啊，整個卑南覓再也找不到第二個人有這樣威儀的。這一回，妳打了勝仗，把那些土匪打跑了，我們番社的婦女都覺得高興與榮耀，我編組了三十六個俊美的婦女盛裝迎接，陪妳進番社接受歡呼啊。」

「呵呵……撒米央啊，謝謝妳，來吧，妳陪我往前走一走吧。」達達領著撒米央穿過盛裝的婦女們，離了約二十步遠。

「撒米央啊，我很高興能看到妳，我也完成了這一次的任務。這路上我想了很多事，也懂了很多事。」達達停了停，取了掛在腰間的菸斗、菸草。陽光斜照而來，剪影似的將兩人身影鋪上才收耕過、燒過的稻田上。

「妳看看，十年前這裡還是廢棄的田園，經過這些年大家的努力，總算又看見生機與希望，我希望這是長長久久的事，不再有那些瘟疫或者戰事。」達達呼出了一口煙霧。繼續說：「前一回的呂家望事件，我好像錯過什麼。這一回我算是見識到了，戰爭是怎麼回事，也知道彪馬社或者拉赫拉氏族已經不可能再擁有過去的榮光，外來的勢力太強大，太不可抗拒了。我曾經一度抗拒排斥著，總覺得還是有機會的……」達達忽然哽咽。

「小姐，妳別這麼說，妳做得很好，我們等著妳的帶領啊！」

「別傻了，撒米央，我覺悟了，今後就算我們不能再號令四方，也要好好學著怎麼在這些強大的族群與勢力中，取得一定的尊嚴與生存空間。」

「小姐妳放心吧，假如從今以後這裡全由日本人掌握，經過這麼一仗，我想一定能取得必要的尊重吧！而妳永遠是我們的女王。」

「是，我是女王，應該是……最後的女王吧！」達達說著，眼神望著遠處舊部落的刺竹林梢，掛著的一嵐帶溫弱光影，幾隻築巢在上的冠鷲，離巢或歸巢，三兩聲鷹嘯。

「小姐，妳就別這麼說吧，征戰回來這麼榮耀的時刻，應該高興才是。」

「哈哈，撒米央啊，我沒有不高興，我說的事實，我沒有子嗣，而現在的體系也不可能再產生聯盟，或者女王的這種身分。這些，我們不都討論過了嗎？」

「可是，妳還是女王啊，我們都這麼認爲啊！」

「撒米央，我只是有感而發，即使是最後的女王，我也要在見祖宗前顯耀拉赫拉氏族，我做到了，不是嗎？」

「這個……的確是，這會被傳頌與記載的。」

「所以，我應該高興，不是嗎？」

「是啊……哎呀，妳這丫頭，搞得我一愣一愣的，走了吧！」撒米央被搞混了，她抓不住達達的情緒，直覺的認爲達達其實看得很開。「妳喔，早知道沒有什麼事是妳看不開的，妳看我一顆心……還是被妳說的話，揪得喔。」

遠遠的，已經響起了歡呼聲，那是部落入口等待的族人，看見凱旋而歸的隊伍停在才收割完的稻田牛車路上，不自覺的歡呼，不少小孩，已經耐不性子，走了過來。

盛裝佩刀的婦女在撒米央的招呼下，左右排成兩列，而出征的戰士也開始躁動，跟在後方前進。天色已昏黃而歡呼聲越來越清晰響亮。在接近部落入口不遠，達達忽然抽起長槍，拉槍機朝天空連開了五槍清空了彈匣，槍聲響徹周遭，群眾爆出更大的歡呼聲。

「達達呀，我聽老人說，卑拿來去見百朗的皇帝老爺以來，我們已經沒有這樣了。很久了。」撒米央揚起聲音說。

「如果是這樣，我應該有臉見拉赫拉氏族的列祖列宗了吧！」達達收了槍，近乎自言自語的輕聲說，鼻腔一陣酸，而眼眶、視線早已濕糊。

後記

梁紅玉是卑南族人？

我在國中小學的青少年時期，是非常喜歡戲曲的。喔，正確的說，我特別著迷野台現場的歌仔戲、布袋戲；另外，平劇、黃梅調、相聲之類的可以透過電視、收音機或黑膠唱盤直接聽賞的表演藝術，也常讓我流連忘返。家裡窮，沒這些電器，但附近住進村子的外省退伍老兵通常都有收音機，只要傳出這類的聲音，我總會不自覺的靠近到能聽得清楚的位置，然後立刻化身成爲一棵樹或一塊石頭，或坐或站直至聽完或者等媽媽叫喚找人。

我記得國小五、六年級時，在拆船場工作的表哥帶來一台汰換的堪用的唱盤機，另外還有幾張當時流行音樂的萬沙浪、謝雷與其他歌星的黑膠唱片，黃梅調也有幾片。〈江山美人〉、〈戲鳳〉、〈鎖麟囊〉、〈梁山伯與祝英台〉是那個時期我曾經反覆聽了再聽，唱了再唱的黃梅調。到了國中，興趣延伸到電視的國劇（京劇），家裡窮買不起電視，只能到離家最近的兩家雜貨店（都是娶部落婦女的外省老兵開的）窩著聽戲。

其中比較特別的是，每週六中午放學我騎腳踏車由卑南國中騎回大巴六九部落，常常就留滯在太平國小下方一家雜貨店（當然也是外省老兵開的店，不過娶得是平地閩人）看中午以後播放的國劇，一直到結束回到家都三點了。一個山地人（當時比較有禮貌的稱法）小孩，居然對伊伊啊啊的國劇有興趣而且入迷，令這幾個外省店家，自然對我另眼看待，客氣中又帶有一些期待（我懷疑他們一直想把女兒介紹給我）；但是我的父親可不以爲然了，老是叮嚀我，不要國中還沒畢業，在外頭就已經有孩子了。

比起黃梅調，國劇其實是較難懂的，但我深受國劇生、旦、淨、丑，那些不同角色的唱腔、身段的吸引；以至於我以爲我懂得了，那些具象徵意義的細膩動作，也終於在很多回的偷偷觀賞之後，實際懂得了那些在伊伊呀呀之間所傳遞的故事梗概。這個時期，國劇我看得最多的，大致是花木蘭、楊家女將、穆桂英、四郎探母、梁紅玉、三國演義等所編出的戲碼。

說了半天，這跟長篇小說《最後的女王》有什麼關係？

二〇〇二年，我在蒐集有關卑南族與大巴六九部落相關的文獻資料時，意外發現一八九六年卑南大社的陳達達（一八六四—一九〇八）的一些紀錄。十九世紀中葉，大致是卑南覓平原[1]勢力整合最動盪的時期，陳達達作爲卑南大社領導氏族「拉赫拉」長女，她決定肩挑振興氏族並實質掌握卑南大社領導權的重任，而最後，應日本之邀，率領卑南大社、馬蘭大社、大巴六九社的聯軍，在雷公火[2]擊潰清朝在東部最後有組織的軍隊劉德杓部，也奠定了日本往後對卑南大社禮遇的基礎。這是小說的歷史背景。當時，在翻閱這份資料時，很自然浮上我腦海的就是「梁紅玉」，而且日後只要提起卑南族史中的陳達達，我自然是以「梁紅玉」對應這個故事。

梁紅玉（一一〇二—一一三五），是中國宋朝抗金女英雄，名將韓世忠之繼室，與韓世忠出生入死，主要的功績包括：一一二九年平定苗傅、劉正彥叛反。宋高宗大喜，封「安國夫人」，平亂後，成爲史上第一個以功臣之眷被賜與俸錄的女眷。一一三〇年「黃天盪之戰」，堵截金將金兀朮在黃天盪裡四十八天，後來，金兀朮從江上逃跑。戰後被封「楊國夫人」。一一三五年後夫妻二人共守殘破的楚州。這其中，「黃天盪之戰」讓我印象較爲深刻，劇中也著墨較多，飾演梁紅玉的演員甩著代表馬的「馬鞭」，急急的奔赴戰場，而後登上十幾丈高的樓櫓指揮作戰。這個臨戰前慷慨赴戰的剛強果決，在我腦海成形的影像大致就是我對梁紅玉的印象，這也是提起卑南大社女頭目陳達達時，我直覺連結梁紅玉的原因。這個直覺連結，我懷疑應該與我青少年時期著迷戲曲，又深深受女將帶兵作戰的柔媚之外的剛猛形象所深深吸引有關。

然而戲曲或文學作品終究還是文人雅士之作，都有其指涉的目的與意涵，那些被特定期望所塑造的英雄豪傑，那些被詮釋的淋漓盡致的忠義氣節，成爲作品的核心精神而

1 今台東平原。
2 今台東關山東邊的電光里周邊區域。

感動人心以至於廣爲流傳。現在回頭來看，我寫了一個不爲常人所知曉的卑南族歷史人物與故事，那當下，我捕捉了青少年時期就已然成形的「女英雌」的崇拜，而最終寫完了《最後的女王》。這種不自覺地想形塑與成就一個卑南族的「梁紅玉」女英雄，是不是也隱含著期待那麼有一天，這本小說被改編成不同形式的戲曲或藝術表演形式，使陳達達成爲歷史與戲曲文學藝術中，被傳頌的卑南族歷史人物？而這又會是我單純的期待嗎？

我們進入異族文字紀錄的卑南族史，可以發現其中透露的幾個有意思的訊息：

一六三七年，荷蘭人派出中尉猶里昂森（Johan Jouriaensz）和高級商務員范．撤納（Cornelis ven Zanen）前往 pimaba[3]探金未果[4]。復又於一六三八年一月，上尉凡林加（Jahan Van Linga）率三艘船隊，士兵一百二十員，與猶里昂森會合抵達台東海岸。其中一小隊八、九個人，爬下船肩扛著旗竿，朝卑南社前進，開啓了卑南人與荷蘭人接觸的時代，也是卑南族正式進入有文字記錄的歷史。另外，一六四二年的「大巴六九事件」，卑南族第一次見識了現代兵器與西方戰術的威力。卑南大社更是利用一六五〇年前後五次在卑南地區舉行的地方會議，牢牢建立與東台灣各部落的關係，最後取代由知本所代表的傳統東台灣區域霸權。一七八七年林爽文事件後，隔年清乾隆皇帝召見犒賞協助有功人員，卑南大社卑拿來代表部落領導人前往北京受賞六品頂戴而回，使卑南大社逐漸進入全盛時期。一八六〇年前後漢民族開始被引進卑南平原。一八七〇年與一八八〇年代的兩次天花疾病，致使卑南大社向南遷移，人口銳減而勢力式微。一八八八年「呂家望事件」，清廷大規模用兵，連北洋艦隊都出動前來台東海域協助敉平動亂。一八九〇年現代知本社形成。一八九三年胡傳（胡鐵花）抵台東任職臺東直隸州。一八九六年「雷公火之役」後日軍抵達台東。一九二九年卑南大社遷村現在南王。一九三三—一九三七年初鹿、下賓朗、大巴六九遷村。一九四五年日本戰敗，國府遷台徵兵，一九四七卑南族士紳參與「二二八事件」調處。

這些看似雜亂又有條理的訊息，卻脈絡了卑南族過去三百年的發展。這些事件的形成與最後的結果，所牽涉的個人與部落，都成了建構卑南族史一個個明確具體的佐證。作爲立志致力以「文」寫族群「史」的作家，我興趣的是這些可能被視爲英雄豪傑的關鍵人物，在事件的推演中，他們個別的、私密的情感、容顏與人際網絡；我興趣的是這些事件紀錄背後那些所處的時空背景、先人的生活圖像與文化況味；我在意的是，能不能藉由整理改寫，重新建構一個更清晰、更立體、更容易理解又生動鮮活的卑南族史。

於是我不自量力的規畫了「卑南族歷史人物系列小說」系列，這系列個別的核心人物是：一、卡羅卡勒（知本社），二、卡比達彥（卑南社），三、卑拿來（卑南社），四、達達（卑南社），五、索阿納（利家社），六、葛拉勞（卑南社），七、馬智禮（初鹿

3 卑南地區。
4《熱蘭遮城日記》一六三七年一月與四月記載。

社），八、南志信（寶桑社），我預計寫八部十一本的長篇小說。企圖藉由這些歷史人物的現身展演，拉展卑南族進入異族文字紀錄的歷史縱深，清楚釐清東台灣一直以來族群間彼此的對位關係。

這裡又浮現一個有意思的訊息：爲什麼理應是第四部才出場的陳達達卻率先粉墨登場，又僥倖贏得「二〇一三年全球華文星雲文學獎」歷史小說獎的第三名，成爲這個獎項自開獎三年以來唯一進入前三名的作品？

老實說，我不知道。我不確定那是族群文化的女性優先，還是我個人打從晦澀懵懂的青少年時期對巾幗英雄的孺慕與崇仰，因而對女性的根本退讓，以致於在企圖建立卑南族大歷史的宏大目標下，我還是忍不住的，習慣性的從這些巨石陣般的以男人爲主的事件縫隙中，凝視女性的顰笑、身段與掙扎。或者，我一直不自覺的在尋找卑南族的梁紅玉，那樣一個在動亂的時代，扛起社稷安危挺身而出的女性，而終於發現陳達達。這一切，關照卑南族女性溫柔又強悍的性情，卻又顯得那麼的自然。

梁紅玉是卑南族人？當然不是。但是，在我心裡，梁紅玉就是陳達達。

新書完稿出版，首先感謝「財團法人原住民族文化事業基金會」的出版補助，更感謝妻子阿惠無怨地全力支持我的閒散與不務家事，也感謝陳達達所在的南王部落同胞不時的關注，同時感謝「印刻出版社」不計盈虧的支持出版。但願這一系列的作品，能在陳達達打頭陣的情況下順利產出與一一面世。

二〇一四，三　高雄岡山

INK PUBLISHING

文學叢書 451

最後的女王

作　　者　巴　代
總 編 輯　初安民
責任編輯　宋敏菁
美術編輯　林麗華　陳淑美
校　　對　吳美滿　巴　代　宋敏菁

發 行 人　張書銘
出　　版　INK印刻文學生活雜誌出版有限公司
新北市中和區建一路249號8樓
電話：02-22281626
傳眞：02-22281598
e-mail：ink.book@msa.hinet.net

網　　址　舒讀網http：//www.sudu.cc
法律顧問　巨鼎博達法律事務所
施竣中律師
總 代 理　成陽出版股份有限公司
電話：03-3589000（代表號）
傳眞：03-3556521
郵政劃撥　19000691　成陽出版股份有限公司
印　　刷　海王印刷事業股份有限公司

港澳總經銷　泛華發行代理有限公司
地　　址　香港新界將軍澳工業邨駿昌街7號2樓
電　　話　(852) 2798 2220
傳　　眞　(852) 2796 5471
網　　址　www.gccd.com.hk

出版日期　2015年7月　初版
ISBN　978-986-387-043-2

定　價　290元

本書獲 原住民族文化事業基金會 出版補助

國家圖書館出版品預行編目資料

最後的女王 / 巴代 著；
--初版，--新北市：INK印刻文學，
2015.07　面；　公分（文學叢書；451）
ISBN　978-986-387-043-2（平裝）
863.857　　104009394